키 다 른
나 무 들 이
숲을 이루고

키 다른 나무들이 숲을 이루고

지은이 강미
펴낸이 임상진
펴낸곳 (주)넥서스

초판 1쇄 발행 2024년 2월 15일
초판 3쇄 발행 2024년 10월 25일

출판신고 1992년 4월 3일 제311-2002-2호
10880 경기도 파주시 지목로 5 (신촌동)
Tel (02)330-5500 Fax (02)330-5555

ISBN 979-11-6683-788-3 43810

가격은 뒤표지에 있습니다.
잘못 만들어진 책은 구입처에서 바꾸어 드립니다.

www.nexusbook.com
&(앤드)는 (주)넥서스의 문학 브랜드입니다.

키 다 른
나 무 들 이
숲을 이루고

강미 장편소설

&

차 례

555 나나숲이 뭐예요?

센터 인근 카페, 하쿠가 화장실에 다녀온다며 일어섰다.

"생양아치."

하쿠가 멀어지자 이진목이 내뱉었다. 사공현도 하쿠를 보았다. 스팽글 박힌 셔츠와 찢어진 청바지, 가죽끈 목걸이와 팔찌까지는 개성으로 여긴다지만 타투는 좀 거슬렸다. 뒷모습도 만만찮았다. 혀를 날름거리는 뱀 문양이 셔츠 등판을 가로지르고 있었다.

손가락으로 사각 프레임을 만들며 이진목이 말했다.

"와아, 키는 엄청 크네. 저 정도면 헬스트레이너 삘인데 고3이라고? 그것도 마이스터? 헐……. 야, 넌 알고 있었어?"

"……으응, 아니 몰…… 랐어."

"됐다, 됐어. 그 말이 그렇게 어렵냐?"

현은 진목의 얼굴에 가득한 짜증을 보았다. 그동안 무수히 겪었던 표정에서 현은 움찔, 몸을 떨었다.

"다른 멘토 만나 봤어? 알바는 시작했고?"

스마트폰을 만지작거리던 진목이 화장실 쪽을 흘끔거리며 말했다. 궁금하다기보다 침묵이 어색해서였다. 며칠 전에 만나 김밥까지 함께 먹었지만, 척 봐도 현은 먼저 말 걸 놈이 아니었다.

현은 고개를 저었다. 입교식 이후로 워크북 한번 보지 않았다. 아예 프로젝트 자체를 잊고 있었다. 어제 하쿠가 보낸 메시지도 처음엔 스팸인 줄 알았다. 현의 반응에 진목이 입을 비죽 내밀었다. 아랫입술에 힘이 들어가고 턱살이 살짝 주름졌다.

돌아온 하쿠가 스마트폰을 귀에 대며 앞자리에 앉았다. 옷차림과 타투는 여전히 낯설었다. 하쿠가 애니메이션 캐릭터 박힌 팔을 만질 때마다 현은 시선을 돌렸다.

"민철이 어제부터 답이 없다. 내가 잘못 입력했을까? 민철이 전화번호 있니?"

누구를 집어 질문하지는 않았겠지만, 진목이 현을 흘깃거리며 대답했다.

"누군지 몰라요. 야, 너도 그렇지?"

현도 고개를 끄덕거렸다.

하쿠가 옷소매를 걷어 올리자 여자애 캐릭터가 완전히 드러났다. 진목의 시선을 느낀 하쿠가 말했다.

"누군지 알아?"

"센? 치히로? 둘 중의 하나겠죠."

현은 진목이 대답하는 게 신기했다. 하쿠도 그랬는지 목소리가 올라갔다.

"오, 대단한데? 내가 하쿠니까 센이라고 알아본 거야? 내가 또래상담 시작한 게 초등학교 5학년 땐데 〈센과 치히로의 행방불명〉에 빠져 있었거든. 교육 중에 닉네임을 정하라기에 그때부터 하쿠."

"그때는 날씬했어요? 지금 상태로 하쿠라고 하기엔 좀……."

진목의 말에 하쿠가 얼굴이 벌게지도록 웃었다. 반박하지 않은 걸 보면 어릴 때부터 체격이 좋았던 모양이있다.

"솔리언 훈련 프로그램 받으며 지금까지 또래상담자 하고 있어. 쌤 추천에 응하긴 했는데, 솔직히 555 멘토는 내 역량 밖이야. 그래도 취업 앞두고 뜻있는 일 하고 싶어 욕심냈어. 우리, 잘해 보자."

"취업? 그럼 회사 다니는 거예요? 고3인데."

"아니, 아직은 학교 다녀. 기숙사 생활도 하고. 12월에 현장 실습 나가고 3월부터 정직원 되는 거지. 마이스터는 대부분 그래."

현도 알고 있다. 마이스터고는 과학고나 외고처럼 일반 인문계보다 입시가 빨랐다. 학비와 기숙사비 전액 지원, 해외 연수 기회, 조기 취업, 각종 동아리 활동 지원……. 중3 때, 마이스터고 재학생이 학교 홍보를 나온 적 있었다. 그때 빨리 독립하고 싶은 애들이 무더기로 원서를 썼지만, 성적이 좋은 애들만 합격했다. 현도 내신 20퍼센트 벽에 좌절했던 학교였다.

"그래도 대학은 가야 하지 않아요?"

"대신 월급 받으면서 대체복무 되니까 일거양득. 그렇게 군대 해결하고 대학은…… 몇 년 일하다가 재직자 전형으로 가면 되거든. 나도 그러려고 해."

하쿠와 진목은 영화 이야기로 넘어갔다. 진목이 센과 치히로는 같은 인물인데 왜 제목이 센과 치히로의 행방불명인 줄 모르겠다고 하자 하쿠는 생각 못 했다며 스마트폰을 들었다. 둘은 원제는 어떻고 다른 나라에서는 뭐로 번역했다며 한마디씩 툭툭 던지면서, 금방 친해지는 것 같았다. 현도 처음과 달리 앉은자리가 편해졌다. 그냥 떠드는 것뿐인데도 어떤 작용을 하는 것 같았다.

"참, 워크북 가져왔지? 유정해 쌤, 아니, 호박벌이, 아이참, 이게 쉽지 않네. 그냥 호박벌이라 부르라 했는데 말이야. ……사인하라고 하셨어."

표지가 휑한 워크북을 폈다. 앞에서부터 한 장씩 넘기는 현과 달리 진목은 차례를 먼저 본 다음 해당 페이지를 바로 넘겼다. 워크북을 받아 든 하쿠는 사인 칸을 지그시 바라보았다.

"와아, 새하얀 눈밭에 첫발 떼는 것 같다. 떨려."

하쿠가 싱글싱글 웃으며 볼펜 쥔 손을 빙빙 돌렸다. 진목이 피식 웃고 현도 미소 지었다.

"메모 칸은 각자 채우는 거래. 나눈 얘기나 느낀 점 쓰면 된다더라. 오늘은 인사 정도라 생각하고 앞으로 차차 친해지자. 운동 좋아하니? 나는 축구와 농구 잘하는 편. 아, 피시방이나 노래방 가도 된다니까 편하게 연락해."

"예? 피시방 가도 횟수에 포함되는 거예요?"

"만나기만 하면 된다던데……. 좀 이상한가? 유정해 쌤께 확인해 볼게."

"흐흐, 호박벌?"

"그렇구나, 실수."

이번에는 현도 같이 웃었다. 아무래도 하쿠는 옷이나 타투에서 받은 인상과 달리 존대가 입에 붙은 사람 같았다.

하쿠에게 워크북을 받다가 현은 출입문을 미는 육중한 몸을 보았다. 색 바랜 흰색 티셔츠와 검은색 바지가 후줄근했다. 제멋대로 자란 머리카락이 굽은 어깨까지 내려왔고 멀리서도 찌푸린 눈이 느껴졌다. 그런데 목덜미의 점, 순간 현의 두 눈이 커졌다. 가슴도 벌렁거렸다. 민철이야, 정민철……. 몸집이 아주 컸지만 틀림없었다. 호박벌과 하쿠가 민철이라 말할 때 흘려 들었는데 바로 그 민철이라니……. 초등학교 5학년 때까지 민철은 현의 유일한 친구였다. 키와 몸무게도 비슷했다. 어느 날 민철이 인사도 없이 전학 갔고 그 이후 소식을 듣지 못했다.

그동안 뻥튀기 기계라도 통과한 듯한 민철이 의자를 끌어와 앉았다. 잠깐 현을 쳐다보았으나 알은척하지는 않았다. 하쿠가 인사를 나누게 할 때도 마찬가지였다.

"그, 뭐라던가, 멘트? 멘토? 맞아요?"

하쿠의 아래위를 노골적으로 훑어보며 민철이 말했다.

"어쩌지? 우리는 일어서려던 참이야. 나는 다른 약속이 있어서 가야 하고. 미리 연락했으면 좋았을 텐데 말이야."

하쿠가 말했다. 생글생글하던 웃음기가 사라지고 말투도 딱딱했다. 한순간에 분위기가 싸해졌다. 지켜보던 진목이 입술을 쑥 내밀며 가방을 챙겼다.

그때 탁자 위에 워크북이 툭 떨어졌다. 민철이었다.

"사인…… 야, 몇 쪽이야?"

지목받은 진목이 어이없어하며 하쿠를 쳐다보았다. 워크북을 뒤적이는 민철을 가만히 바라보던 하쿠가 입을 열었다.

"이건 아니지. 마칠 때 나타나서 사인만 하라니, 난 해 줄 수 없어."

"에이, 씨! 폰을 늦게 봤단 말이에요. 북돋움학교는 출석으로 인정해 주는데 여긴 왜 이래?"

민철이 씩씩거리며 볼멘소리를 냈다. 옆 테이블에서 쳐다보자 그쪽을 향해 인상을 구겼다. 뭘 보냐며 목을 긋는 시늉을 하기도 했다. 현의 몸이 움찔거리고 손이 떨렸다. 예전의 민철이 아니었다. 하쿠가 팔짱을 끼며 몸을 뒤로 뺐다.

"잠깐, 정민철."

큰 상체를 앞으로 내밀며 하쿠가 손가락으로 탁자를 쳤다.

민철은 머리를 좌우로 흔들 뿐 몸은 여전히 삐딱했다. 덩치 비슷한 짐승 두 마리가 버티고 있는 것 같았다.

"나는 네 멘토지 억지 받아 주는 사람 아니야. 이럴 거면 왜 프로젝트 한다고 했어?"

"그야 내 사정이니 아실 거 없고."

깐죽거리던 민철이 갑자기 일어나는 바람에 의자가 넘어졌다. 그새 얼굴이 벌게진 민철이 그 의자를 찼다.

"씨발, 멘토가 무슨 벼슬이야? 저나 나나 고딩 주제에."

다다닥 말을 쏟은 민철이 홱 돌아서서 나갔다. 하쿠가 현과 진목에게 다음에 보자 말하면서 민철이를 따라 나갔다. 순식간에 일어난 일이었다. 민철의 등장에서 퇴장까지, 아무리 길게 잡아도 고작 10분 남짓 일인데 현은 정신이 하나도 없었다. 앉아 있는 것만으로도 온몸의 에너지가 다 빠지는 것 같았다. 가슴이 벌렁거리고 손에 땀이 뱄다. 입술도 바짝 말랐다.

연신 출입문 쪽을 바라보았으나 하쿠와 민철은 돌아오지 않았다. 가만히 앉아 있던 진목은 뭐라 중얼거리더니 인사도 없이 나가 버렸다.

현은 물기가 방울진 잔을 쥔 채로 한참 동안 앉아 있었다. 테이블에 놓인 워크북이 눈에 들어왔다. 민철이 놓고 간 것이다.

물끄러미 바라보던 현은 천천히 손을 뻗었다. 자리에서 일어나는 대신 프로젝트를 시작한 며칠 전을 떠올렸다.

그날 현은 길 찾기 앱이 일러 주는 대로 버스 정류장 앞 카페를 끼고 돌았다. 여름방학이 끝났는데도 햇빛이 사나웠다. 현은 화장품 전문점, 카페, 꽃집, 김밥 가게가 늘어선 거리와 스마트폰을 번갈아 살폈다. 땀이 목선을 타고 흘렀다.

"학생, 학생!"

포기하고 돌아서려는데 눈앞에서 웬 여자가 문을 열며 손바닥만 한 철판을 가리켰다. '청소년북돋움학교 부설 상담 센터', 김밥집 간판에 가려 있어 찾지 못했나 보다.

고개를 까닥거려 보이며 현은 안으로 들어섰다. 식탁인지 책상인지 모를 테이블 하나가 공간 대부분을 차지하고 있었다. 왼쪽 벽엔 책꽂이가 납작 붙어 있었고 오른쪽은 공간을 가로지르는 폴딩 도어였다. 김밥 가게 귀퉁이를 잘라 사무실로 쓰는가 보았다.

"입교식 하러 왔지? 가만있자, 이름이 민철이? 아니면 공현?"

여자가 앉기를 권하며 말했다.

"……현……."

말이 짧다는 지적을 많이 받는데도 문장으로 끝맺기가 항상 어려웠다. 안 하는 게 아니라 못 하는 것인데 예의 없다는 말도 많이 들었다. 이름을 잘못 불리는 것만큼이나.

"아이쿠, 이름이 현이구나. 성이 사공이고. 아, 미안해."

여자는 웃음 반, 허둥거림 반으로 분주했다. 이름 잘못 불리는 거야 흔히 있는 일인 현이 오히려 당황했다. 괜찮다고 말하고 싶었다. 하지만 내뱉지 못하고 어정쩡하게 엉덩이를 걸쳐 앉았다.

"정식으로 인사하자. 나는 호박벌이야."

"예? 호……."

"아, 본명은 아니고. 너도 호박벌로 부르면 돼. 반가워. 우리 잘해 보자."

호박벌이 탁자 너머로 손을 내밀었다. 현은 멀뚱히 바라보기만 했다. 이러니 행동이 느려 터졌다는 말을 듣겠지만, 늘 반응이 즉각적으로 나와 주지 않았다.

"입, 입교식은……."

권하는 대로 차를 마시다가 현이 입을 열었다. 출석 인정까지 받아 왔는데 아무리 둘러봐도 행사할 준비는 안 되어 보였다.

"입교식? 지금 하고 있잖아. 이렇게 만났으면 됐지. 음, 나는 모두 같은 시간에 모여야 하는 이유를 모르겠더라. 입교식이라는 게, 이제 시작해 보자는 건데 굳이 멘토들 다 오시라 할 거 없잖아. 멘티도 한 명씩 와야 내가 말하기도 좋고. 자, 우선……."

호박벌은 말을 통통 튕기며 가볍게 일어났다. 별명을 들어서였을까, 호박벌은 상체보다 엉덩이가 도드라지게 컸다. 언젠가 공원에서 본 호박벌을 떠올리다가 현은 스프링 노트를 받았다. 투명 아크릴이 덮인 아트지가 표지인 것 같은데 글자나 그림이 하나도 없었다. 뒤표지도 마찬가지였다.

"워크북 표지는 네가 만들 거야. 세상에 하나밖에 없는 너만의 책이니까 말이야. 제목과 삽화 다 네가 정하고 그리는 거지. 물론 내용도 너만의 활동, 너만의 이야기로 채워질 거고."

하얀색 두꺼운 종이일 뿐인 표지를 넘기자 '555 나나숲'이라는, 프로젝트 제목이 적혀 있었다. 555는 학교 위클래스 선생에게 얼핏 들었는데 나나숲이 무슨 말인지는 모르겠다.

현은 어찌어찌 고등학교에 입학했으나 중학교 때와 다를 바 없이 애들에게 시달려야 했다. 그들은 장난이었지만 현에겐 괴롭힘이었다. 결국 사건이 터졌고 수습 중에 대안 교실인 사랑반을 알게 되었다. 학교 부적응자를 모아 두는 사랑반은 모든 게 자유로웠다. 스마트폰을 하거나 간식을 먹어도 되었다. 위클래스 선생과 함께 밖으로 나가서 영화를 보거나 책방 나들이를 하는 날도 있었다. 그래도 현은 여전히 학교가 힘들었다. 도살장에 끌려가는 소도 아니고……. 현이 등교할 때마다 할머니는 걱정을 늘어놓았고 아빠는 차라리 자퇴가 낫겠다고 했다. 검정고시 쳐서 대학 가면 되니까 고생할 필요가 없다고 했다. 그래도 학교는 다녀야지. 할머니는 화들짝 놀라며 현과 아빠에게 손사래를 쳤다. 그때 위클래스 선생이 소개한 곳이 '청소년북돋움학교', 그중에서도 새로운 프로젝트를 운영한다는 부설 센터였다.

"멘토는 센터장인 나를 포함하여 다섯 명이야. 멘토와 50번 만나고 몸 쓰기 500시간. 알바는 물론 봉사 활동도 돼. 진행 기간은 딱 정해진 건 아니지만 1년쯤, 이런 프로젝트는 나도 처음이라서 말이야. 아, 그렇다고 의심하진 마라. 청소년북돋움학교는 교육청에서 공인한 대안 학교고 555 나나숲도 인증받은 프로그램이니까. 학교와 여기를 오가도 돼. ……이제 다음 페이지로 넘어가 볼까?"

호박벌의 꿈꾸는 듯한 얼굴을 쳐다보며 현은 워크북 페이지를 넘겼다. 몇 개 문장이 크고 진하게 박혀 있었다. 고유한 존재, 탐색, 시도하고 망쳐 볼 수 있는, 나 자신……. 그 말이 그 말 같을 뿐, 현에게 다가오는 구절은 없었다. 그다음은 '멘토와의 만남'으로 멘토 이름, 일시, 장소, 대화 내용, 사인 칸들로 이루어져 있었다. 50번 만나야 한다고 했으니 50쪽이 똑같을 것이다. 그다음엔 소제목이 '몸 쓰기'로 되어 있다. 누적 시간, 느끼고 생각한 점을 쓰는 칸이 다를 뿐 기본 틀은 비슷했다.

"뭐, 대략 이렇게 흘러간다. 쉬엄쉬엄 나가 보자."

호박벌을 따라 현도 워크북을 덮었다. 텅 빈 표지가 다시 눈에 들어왔다.

"이로써 오리엔테이션은 끝. 아, 아니다. 중요한 게 남았네. 스마트폰 꺼내 봐. 여기 멘토들 폰 번호 있어. 전화받아야 하니 거기 적힌 별명으로 저장해 둬."

습관적으로 인쇄물을 찍으려 하자 호박벌이 안 된다고, 자기가 보는 앞에서 입력하라고 했다. 여태까지의 말투와 달리 단호했다. 그 기세에 밀려 현은 번호를 누르기 시작했다.

마지막 번호를 입력하고 있는데 유리문 열리는 소리가 났다. 밖이 보이는 위치에 앉아 있던 호박벌이 급하게 일어났다. 몸집 때문인지 의자는 물론 테이블까지 흔들렸다.

"선생님, 안녕하셨어요?"

낯선 교복이 호박벌에게 고개를 숙였다.

"어이구, 이진목. 이게 얼마 만이야."

어라, 두 사람은 아는 사이였나 보다. 현은 호박벌이 하라는 대로 인사를 나누었다. 진목은 다른 학교 교복을 입고 있었는데 다림질이 잘되어 있었다. 키는 현과 비슷해 보이고 몸무게는 약간 더 나갈 것 같았다. 현이 야윈 편이니, 평균 정도라고 하는 게 맞겠다. 이목구비도 뚜렷하여 전체적으로 깔끔하고 잘생겨 보였다. 학교 수업은 빠지지 않을 거라 했고 프로젝트는 일과 후와 주말에 하겠다고 했다. 멘토와의 만남은 최소 몇 시간이어야 하는지 체크하는 모습도 특이했다.

"이제 한 명 남았네."

호박벌이 말하는 순간 유리문에 매달린 풍경이 쟁그랑쟁그랑 소리를 냈다.

"사장님, 여기 계시네요."

마지막 팀원인 줄 알았는데 어린애 손을 잡은 젊은 여자였다. 김밥 사러 왔다고 하자 호박벌이 일어났다. 그러니까 호박벌은 김밥집 주인이면서 상담사란 말인가. 현은 뭣에 홀린 듯 정신이 없었다.

"진목아, 10분만 기다려 줄래?"

호박벌의 말에 이진목이 고개를 끄덕였다. 그런데 문을 열고 나가던 호박벌이 갑자기 몸을 돌려 소리쳤다.

"진목아, 현아. 이럴 게 아니라 우리도 소풍 가자."

"소풍이요? 지금?"

진목이 어이없다는 듯 물었고 현은 그런 진목을 쳐다보았다. 늘 가만히 있는 현과 달리 진목은 나서서 말하기를 좋아하는 스타일 같았다.

"흐흐, 놀라긴. 우리 김밥집 이름이 소풍이잖아. 둘 다 넘어와라."

현은 짧은 순간 진목의 볼이 씰룩거리는 걸 보았다. 짜증을 품었던 표정이 이내 풀리는 것도 보았다. 진목은 현에게 눈짓하며 자리에서 일어났다. 함께 가자는 신호를 받은 현도 마지못해 몸을 일으켰다.

*

다시 며칠이 흘렀다. 자꾸만 팔이 흔들린다고 느끼며 현은 잠에서 깨어났다. 눈은 아직 뜨이지 않았다. 여기가 어딘가 싶은데 할머니 음성이 날아들었다.

"야야, 오늘따라 왜 이러나. 학교 늦을라."

할머니가 방에 들어온 것도 몰랐나 보다. 얼른 일어나야지 싶으면서도 몸이 말을 듣지 않았다.

"안 가도 돼요."

현은 실눈을 뜬 채 말했다. 침대에서 일어나며 보니 할머니 얼굴이 완전히 굳어 있었다.

"왜 네가? 그, 그놈들을 못 오게 해야지. 나쁜 놈들, 남의 귀한 자식을……."

할머니의 입꼬리가 떨렸다. 석 달이나 지났건만 할머니는 아직도 학폭 사건의 충격에서 벗어나지 못하고 있다. 현은 며칠 전에 했던 말을 반복해야 했다. 할머니 손을 잡고 눈을 맞춘 다음 천천히 말했다.

"할머니, 특별 프로그램이라서 내가 한다고 했어. 그만두는 게 아니라 학교 대신 사회 경험 쌓는 거라고. ……아이, 배고파. 아빠는?"

대화가 길어지면 결국 할머니의 눈물 바람을 볼 수밖에 없다. 현은 보나 마나 자고 있을, 아빠 행방을 물으며 방을 나왔다. 요즘 들어 아빠는 더 바빠 보였다. 엄마는 "돈도 안 되는 시민 단체 일"이라고 얕잡아 보지만 현의 생각은 달랐다. "복잡하고 힘들지만 누군가 꼭 해야 하는 일"이라는 아빠 주장에 동의한다. 그래서 현은 돈과 상관없이 열심히 일하는 아빠를 자랑스럽게 여기고 있다. 그렇다고 엄마를 이해 못 하는 것도 아니다. "벌어다 주는 것 없이 사고만 치고, 식구들이 먹는지 굶는지 모르면서 남에게는 다 퍼 주는" 남편이라니 힘들 수밖에 없었을 것이다. 두 분이 이혼할 때 현은 아빠와 살겠다고 했다. 아빠가 더 약해 보였기 때문이었다. 그때 갈 곳 없는 아빠와 현은 할머니 집으로 들어왔다. 오래된 주택이지만 혼자 쓸 수 있는 방도 있었다. 1인용 침대와 책상 하나가 간신히 들어갈 정도로 좁고 어두웠으나 현은 만족했다. 더 나쁜 일을 상상하면 어떤 일이든 괜찮고 견딜 만한 일이 된다.

할머니 집에서 지낸 지 5년이 흘렀지만, 현은 요즘도 예전에 살던 아파트에 가 보곤 한다. 동네 안을 터벅터벅 걷다 보면 어느새 그곳에 가 있는 것이다. 현관 너머에 다정한 아빠와 분주한 엄마, 왈가닥 여동생이 있을 것 같아 초인종을 누를 뻔한 적도 있다. 엄마와 동생을 만나고 싶다기보다 예전처럼 시끌벅적한 식구들 속에서 가만히 있고 싶었다. 온 가족이 함께 살 때 현은 자신이 조금이라도 두드러지는 상황을 만들지 않았다. 있는 둥 없는 둥 여겨지는 게 좋았다. 학교에서도 마찬가지였다. 늘 한쪽 구석에 조용히 찌그러져 평화롭게 지내기를 바랐다.

집 밖으로 나왔다. 학생들이 바쁘게 지나가고 있었다. 현은 땀이 난 손바닥을 청바지에 문질렀다. 언젠가부터 같은 학교 교복만 봐도 그렇게 되었다.

높다란 아파트 단지와 낮은 주택과 상가들로 이루어진 문수동은 뭉뚱그려진 덩어리, 하나의 요새 같다. 예전에 살던 아파트는 동쪽 끝에 있고 할머니 집은 서쪽 끝에 있으니 문수동 일대를 훤히 꿰고 있는 편이다. 저만치 문수소공원이 보이자 민철이 생각났다. 잠시 머뭇거리던 현은 숨을 크게 쉬고 공원 쪽으로 걸었다. 오랫동안 피해 왔던 길이다.

풋살 경기장과 철제 미끄럼틀, 벤치는 그대로였지만 느티나무는 놀랄 만큼 우람해졌고 다양한 꽃들이 알록달록 피어 있었다. 현은 걸음을 멈추고 오른쪽 아랫입술을 내리긋는 작은 흉터를 만졌다. 귀 뒤 울퉁불퉁한 자국에도 손이 갔다. 소공원의 나쁜 기억들이 주르륵 떠올랐다.

입술 흉터는 초등학교 5학년 때 농구대에 부딪히면서 생겼다. 입술 안까지 죽 찢어지는 바람에 피가 멎지 않았다. 현을 밀쳤던 중학생들은 달아나 버린 뒤였다. 뚝뚝 흐르는 피를 보

며 바닥에 주저앉아 울고 있는데 엄마가 왔다. 현은 놀다가 넘
어졌다고만 했고 가슴팍을 맞았던 민철도 중학생 이야기는 하
지 않았다. 피하고 피하다가 어쩔 수 없이 붙들리면 가진 돈 털
어 주는 게 현명하다는 걸 민철도 모를 리 없었다. 얼마 전 카
페에서 민철을 다시 만났을 때 현은 너무 놀랐다. 중학교 1학
년 이후로 키가 멈춘 현과 달리 민철은 다른 학교에 다니는 동
안 완전히 변했다. 몸집이 크고 목소리가 우렁우렁해진 것도
놀라웠지만 침을 뱉거나 하쿠에게 덤벼들 때는 민철이라고 믿
을 수 없었다.

귀 뒤 흉터는 중학교 1학년 때 반장에게 당했던 흔적이다.
하얀 얼굴에 부드럽고 친절한 말투를 지닌 반장은 교실에서
현을 보호해 주었고 여학생에게 받은 선물을 현에게 나눠 주
기도 했다. 현은 친해졌다고 생각했지만 반장은 어느 날부터
표정이 달라졌다. 현에게 가방을 들리고 피시방이나 노래방
비용을 부담하게 했다. 다른 애들이 현에게 담배 심부름을 시
킬 때 못 본 척했고, 나중엔 함께 욕을 날리기도 했다. 어느 날
은 현을 끌고 공원 안으로 들어가더니 다짜고짜 욕을 퍼부으
며 꿇어앉으라고 했다. 엉거주춤한 현의 얼굴에 주먹을 날리
고 가방으로 현의 머리와 몸을 되는대로 내려쳤다. 그러곤 말

없이 뛰어가 버렸다. 소나기처럼 순식간에 벌어진 일이었다. 가방 고리에 걸렸던 건지, 상처는 오래도록 아물지 않았다.

소공원 기억에서 빠져나오며 현은 계속 걸었다. 세계 맥주 전문점, 브런치 카페, 마라탕집, 네일아트 숍, 헤어 숍, 의원을 지나 버스 정류장에 섰다. 상담 센터로 가는 버스는 15분이나 더 기다려야 했다. 스마트폰으로 시간을 확인하여 때맞추어 나오면 되지만 현은 무작정 기다리는 쪽이었다.

현이 센터 문을 조심스럽게 열었다. 이야기 중이던 호박벌이 일어나자 건너편에 앉았던 남자도 돌아보았다. 수달이라는 멘토인가 보았다. 텔레비전에서 본 수달처럼 코가 둥글고 눈이 작았다. 수달과 닮아서 수달이라 했는지 수달이라고 닉네임을 짓자 수달을 닮아 간 건지 모르겠다. 인사를 나눈 뒤 수달이 말했다.

"잠깐 기다려 줄래? 민철이 오면 시작하자."

수달과 호박벌은 친해 보였다. 함께한 추억도 많은지 '아, 맞다, 그거'라든가 '선생님이 그때' 같은 말이 자주 나왔다. 호박벌은 이야기 반, 웃음 반이었고 수달은 자주 고개를 주억거렸다.

시간이 흐를수록 현의 눈길은 유리문 밖으로 향했다. 약속 시간에서 점점 멀어지는데 민철이 오지 않아서였다. 현은 손바닥을 청바지에 닦았다. 입술이 마르고 마음이 초조해졌다. 지난번 카페에서 있었던 일이 또 생기지 않을까 걱정되었다. 수달과 호박벌의 눈치도 보였다.

잠시만 더 기다리자, 곧 오겠지 하는 동안 시간만 속절없이 흘렀다.

"사공현, 네가 왜 안절부절못하냐?"

호박벌이 말했다. 수달은 스마트폰을 보며 테이블 위를 톡톡거리고 있었다. 얼굴에 표정이 사라지니 눈이 더 작아진 것 같았다.

"메시지 확인도 안 하네요. 오다가 뭔 일 생긴 건 아닐까요? 혹시……."

수달의 말을 호박벌이 받았다.

"아무 일 없을 거야. 늦잠이라도 자겠지. 며칠 전 메시지는 그때 기분이었을 테고. 그나저나 어쩌지? 수달은 곧 알바 가야 하잖아. 이미 한 시간 지나 버렸고 둘을 한꺼번에 만나고 싶다 했으니……. 자, 이렇게 하자. 수달은 애들이랑 다시 약속 잡고, 현은 나랑 있자. 여기까지 왔는데 헛걸음은 안 되지."

민철을 기다리며 한 시간을 보낸 현은 김을 자르며 다시 한 시간을 보냈다. 호박벌 가게에서 파는 건 '충무김밥'인데 보통의 김밥과 달랐다. 1/4로 자른 김에 밥만 넣어 동그랗게 말고 오징어·어묵볶음과 굵직한 깍두기를 별도 접시에 담았다. 먹을 때는 젓가락 대신 꼬치 두 개를 쓰는데 김밥용 하나, 반찬용 하나였다. 처음에 현이 자른 김은 크기가 고르지 않았다. 현은 김을 접어 가며 조심스럽게 가위를 댔고 그다음엔 정확하게 네 등분된 걸 새로운 김에 올려놓고 맞춰 잘랐다.

그동안 새롭게 안 게 있다면 경남 통영이 예전엔 충무로 불렸다는 것뿐인데 멘토와의 만남 세 번째 사인을 받았다. 상담을 꼭 받지 않아도 상관없는 모양이었다. 멍 때리고 있어도 출석으로 인정되는 학교 수업과 피장파장이다 싶었다.

센터 가까운 버스 정류장에 민철이 서 있었다. 민철이 손짓으로 불렀는데, 며칠 전에 봤으니 안다는 건지 현을 기억한다는 건지 헷갈렸다. 현은 민철 쪽으로 걸으며 청바지를 쓱쓱 문질렀다. 그래도 두근거리는 마음은 가라앉지 않았다.

"이제 끝났냐? 수달은 아줌마?"

누런 라운드 티셔츠는 며칠 전과 똑같지만, 기운찼던 말투는 시르죽어 있었다.

현은 지금 오는 거냐고 되물으며 수달이 20대 남자라고 덧붙였다.

"잘나가던 게임을 어떻게 끊냐? 전화 씹는 게 낫지."

"목요일 저녁에 다시 만나기로 했어."

"알아. 메시지 받았어. ……근데 그거 뭐냐?"

민철이 현의 손에 들린 걸 보며 말했다. 호박벌이 쥐여 준 충무김밥이었다. 잘못 자른 김으로 만들었으니 어차피 못 파는 거라고 했으나 꼭 그렇지만은 않은 것 같았다. 한 끼라도 해결되면 할머니가 좋아할 거라는 말에 거절하지 못했다.

10여 미터 떨어진 공원에 도착한 현은 벤치에 충무김밥을 펼쳤다. 민철이 며칠 굶은 사람처럼 덤벼드는 바람에 할 수 없이 할머니 몫까지 내놓았다.

그야말로 단숨에 2인분을 해치운 민철은 주위를 살피더니 담배를 꺼냈다.

"아무도 고삐리로 안 보는데 이상하게 둘러보게 돼. ……넌 어째 그대로야? 변한 게 없네."

"……으, 으응."

그때처럼 찌질하게 살고 있냐는 책망인 듯하여 현은 말을 얼버무리고 말았다. 그런데 민철의 말은 그런 뜻이 아니었다.

"그날 타임머신 탄 줄 알았다. 너는 거의 그대로지? 난 보다시피 거의 0.1톤."

"그, 그동안…… 어떻게 지냈어?"

입꼬리가 쓱 올라가는, 민철의 예전 얼굴을 본 현이 말했다.

"나? 보다시피. 이사 간 뒤로 운동 많이 했지. 합기도에 수영, 복싱…… 중2 때 다 그만뒀어. ……고딩 되자마자 학폭에 걸려 지금은 북돋움학교 다닌다. 어쩌다 보니 거기서도 쫓겨날 판이고."

"그래서 555 하는 거야? 나도…… 학폭으로……."

"야, 사공현. 너는 아직도 왕따에 처맞고 다니지? 흐흐, 나는 가해자야, 가해자. ……김정수, 정태완, 그 새끼들 아무것도 아니더라. 한주먹거리도 안 되는 놈들이 살려 달라고 사정사정하는 꼴이라니. 이렇게 다시 만날 줄 알았으면 너도 불러 몇 싸대기 날리게 해 줄걸. 어떻게, 지금이라도 갈까? 너 당한 거 고스란히 돌려줄 수 있어."

현은 다시 손바닥으로 바지를 쓸어내렸다. 5년 만에 다시 만난 민철은 완전히 다른 사람이 되어 있었다.

"……걔들이랑…… 같은 학교야?"

"다른 학교라도 찾아갔다. 참교육 당해야 할 놈들."

"그렇다고……."

말이 막히고 숨도 막히는데 민철이 못을 박듯 단호하게 말했다.

"너, 하쿠나 다른 멘토들에게 나랑 알던 사이라고 말하지 마라. 이진목, 그놈에게도 마찬가지. 주둥아리 놀리다가는 내 손에 죽을 줄 알아."

현은 함께 놀았던 시절이 좋았는데 민철에게는 감추고 싶은 기억인가 보았다. 민철이 벤치 옆을 지나가던 초등학생 둘에게 눈을 부라렸다. 애들은 민철이 턱짓으로 가리키는 방향으로 도망치듯 뛰었다. 현과 민철이 초등학생일 때처럼.

어색한 침묵을 깨고 민철이 말했다.

"야, 555가 뭐냐? 아무리 내가 막장이라도 고삐리에게 배우라니, 순 사이비 아냐? 호박벌 그 여자는 뱅글뱅글 웃기만 하더라. 멘토라면 뭐라도 가르쳐야지. 수달에, 아가씨에, 곰곰은 또 뭐냐? 장난도 아니고. ……이 새끼, 실실 쪼개기만 하네, 왜, 내 말 틀렸냐?"

말투와 내용이 달라졌지만, 예전에도 민철은 말하는 쪽, 현은 듣는 쪽이었다. 그 기억이 떠오르자 마음이 느슨해졌고 엉

터리 이름을 들으며 웃고 말았다. 현은 대답 대신 몇 뼘 가까워
진 듯한 친구를 올려다보았다. 머쓱해진 민철은 담배꽁초를
밟아 끄며 일어났다.

"잘 먹었다. ……난 저쪽으로 갈 거야. 너는?"

"으응, 버스. ……모, 목요일에 볼 수 있는 거야?"

"그래야지. 그날 어떤 변덕을 부릴지 모르지만 일단은……."

상습 결빙 기간은 누구에게나

정비된 산책로만 걸었는데도 한 시간쯤 걸렸다.

"아, 좋다. 휴양림은 바람도 다른 거 같아."

호박벌의 혼잣말을 아까시가 거들었다.

"바람에 가을이 묻어 있어요. 더위도 태풍도 이제 지났나 봐요."

호박벌이 숨을 고르며 말했다.

"그러게요, 저 끝자락은 벌써 노래 보여요. 아, 이름을 또 잊었어. 내 나무라 찍어 놓고."

호박벌을 따라 걸음을 멈춘 아까시가 빙그르르 웃었다.

"기억해 봐요. 죽 뻗은 게 기품 있다 하셨어요. 지난 6월에 꽃도 보셨고."

"아, 하얗고 부드러워 아기 손바닥 같았던……. 아, 노, 노, 노
각나무. 맞죠?"

아까시가 반색하며 내민 손바닥을 호박벌이 받았다. 하이
파이브! 나무 이름 하나 맞히는 게 뭐라고 호박벌과 아까시는
떠들썩하게 좋아했다.

저만치 보이는 숙소 앞에 늙수그레한 남자가 서 있었다. 호
박벌이 손목시계를 보며 달려갔다.

"아이쿠, 선생님. 오래 기다리셨습니까?"

호박벌이 인사를 하며 다가가자 문문이 고개를 돌렸다.

"아, 유 선생. 내가 일찍 와서 그런 걸, 뭐. ……잘 지냈소?"

호박벌이 옆으로 걸음을 옮겨 문문이 내미는 손을 잡았다.
시력이 거의 가 버렸다는 말이 실감 나 명치께가 아릿했다.

"선생님, 아까시 소개할게요. 숲해설가예요."

아까시와 문문이 인사를 나누는 동안 맵시 있게 차려입은
건장한 청년이 다가왔다. 하쿠였다.

휴양림을 감싸고 있는 선작산에서 내려오는 바람이 삽상했
다. 호박벌의 안내에 따라 모두 야외 테이블에 앉았다. 여자와
남자, 일반인에 장애인, 10대에서 60대까지……. 다섯 명을 꿸

수 있는 벼리가 무엇인지 알 수 없는 조합이었다. 다들 첫 대면
이 어색하면서도 호기심의 눈빛은 감추지 않았다.

"선작산 휴양림 숲속의 집, 여기 좋죠? 예약 잡기 힘든 곳인
데 오늘은 다행히 방이 있었어요. 우선 555 나나숲 멘토에 응
해 주셔서 감사합니다. 고집들이 어찌나 세신지, 저 다이어트
시킨다고 다들 삼고초려를 하게 만드시고."

공기 중으로 자잘한 웃음이 퍼졌다. 꽃향기 품은 바람도 함
께였다. 숙소 경계에 꽃댕강나무가 줄지었고 저만치 배롱나무
가 몇 그루 있었다. 둘 다 100일 이상 꽃을 피워 내는 마음 넉넉
한 나무들이다.

"우선 별칭 부르기에 호응해 주셔서 고맙습니다. 멘티들 편
하게 대하라고 그랬고요. 멘토끼리는 나이 무시, 서로 존대하
는 걸로 해요. 이제 간단히 자기소개부터 할까요?"

"먼저 짚어 볼 게 있소."

문문이 오른손을 앞으로 내밀며 말했다. 젊은 시절 문문의
추임새 그대로였다. 20여 년도 더 지났는데도 또렷이 기억났
다. 문문은 호박벌이 만난 동료 중에서 가장 똑똑하고 현명한
교사였다. 업무와 수업에 유능했으며 적절한 유머로 교무실
분위기를 살렸다. 관리자는 그를 존중했고 고민 많은 교사와

학생은 힘든 속내를 털어놓았다.

"유 선생, 아니 호박벌. ……555 나나숲, 오래도록 현장에서 일해 온 상담가의 고뇌와 비전이 녹아 있는 프로젝트라 호감이 갔어요. 기획안 공모에 당선되어 상금도 받았다고요?"

문문이 말을 멈추고 잠시 숨을 골랐다. 네 사람의 시선이 문문을 향했지만, 그는 일행의 표정은 고사하고 얼굴 생김새조차 볼 수 없다. 햇빛은 약해지고 어둠은 찾아들지 않은 해거름 때가 그나마 나은 편인데도 무채색 덩어리들로 보일 뿐이다.

"거의 1년이나 걸리는 데다가 일까지 해야 하니 참여자로서도 어려운 결정 아니겠소. 학교 출석으로 인정되는 건 확실하오? 졸업하는 데 지장은 없는 거요?"

"예. 대안 학교는 물론 학생이 희망 의사만 밝히면 일반고도 가능합니다. 교육청 시행령으로요. 예전 직업학교 같은 것으로 보시면 될 겁니다."

"좋소. 그러면 호박벌은 어떤 생각으로 이 일을 진행하려는 거요? 교육청에서 배정된 예산은 없다면서요? 퇴직했으니 월급이 나오지도 않을 거고."

"호호, 상금 받았잖아요."

"겨우 300만 원으로요?"

호박벌의 대답에 아까시가 끼어들었다.

"나는 이런 일 할 수 있는 위인이 못 돼요. 그래서 극구 사양했던 건데, 활동비까지 준다니 더 부담스럽소."

문문의 말에 수달이 고개를 끄덕이고 아까시가 고개를 앞으로 내밀었다.

"잠깐, 아까시, 제가 말할게요. 흐흐, 문문 님은 제 눈을 어떻게 보시고. 정말 자격들은 충분하니까 그런 말씀은 하지 마셔요. 그리고……."

호박벌은 둘러앉은 네 사람을 찬찬히 쳐다본 뒤 말을 이었다.

"걱정은 감사하지만, 떠벌릴 순 없으나…… 제가 하고 싶은 일이고 귀하게 써야 할 돈도 있습니다. 그리고 이런 기회 아니면 선생님을 어떻게 자주 만나며 아까시와 하쿠, 수달과 얘기 나눠 보겠어요? 상상이 현실로 될 수 있을까, 새로운 길이 만들어질까 생각할 때마다 저는 설레고 기대돼요. 우리 한 달에 한 번은 만날 겁니다. 가능하다면 여기가 좋겠고요. 출장비 지급할 거니까 참석해 주세요. 회의를 실내에서만 할 필요 있나요. 가끔은 이렇게 좋은 공기 쐬면서 산책도 해요. 재밌을 거 같지 않아요?"

호박벌은 국어를 가르치다가 상담을 부전공해서 20년 가까이 상담 교사로 일했다. 학교 현장에 상담 프로그램이 도입될 무렵부터 일했으니 그 방면으로 꽤 유명했다. 위클래스 운영은 물론 교육청 주관 혁신기획팀에 오래 몸담으며 학교 폭력이나 숙려제 관련 상담 아이디어도 여러 번 냈다. 그런데 상담 활동은 보람보다 좌절이, 성과보다 영혼의 상처가 컸다. 아무리 뛰어난 상담가라 할지라도 내담자의 가정이나 환경을 바꿀 순 없다. 사안이 생길 때마다 처방되는 몇 회 혹은 몇 시간 상담으로 학생의 변화를 기대한다는 건 더더구나 어불성설이었다. 상담 교사들이 모여 함께 공부도 하고 학교 밖 대안 교육과도 협력해 보았으나 제도권의 한계를 절감할 뿐이었다.

거의 유일한 의지처였던 친정 엄마가 갑자기 돌아가시자 호박벌은 학교를 그만두고 가게를 물려받았다. 주위에서는 성급한 결정이라고 했지만, 호박벌 귀에는 아무 말도 들리지 않았다. 그 후 무김치를 담거나 어묵을 볶다가 문득문득 평화로움을 느꼈고 단체 주문 받은 김밥을 말며 단순한 즐거움을 알기도 했으니 퇴직은 후회 없었다.

자기소개는 하쿠부터 했다. 운동과 요리를 좋아하고 컴퓨터

게임만큼 패션 아이템에도 밝다고 했다. 학교 상담 교사와 이모의 권유에 참여하게 되었다고 마무리 짓는데 고등학생이란 말이 무색할 정도로 태도가 당당하고 말이 거침없었다. 저 자신감은 어디에서 오는지, 호박벌은 오랜 시간 몸에 밴 관찰 모드로 하쿠를 쳐다보았다.

이어서 수달이 말했다.

"저는 24세, 병장 제대했습니다. 지금은 사회복지과 3학년 재학 중입니다. 저, 인상이 어때 보여요?"

수달의 질문에 아까시가 분위기를 띄우듯 소리 질렀다.

"연예인인 줄 알았어요. 넘 멋져요."

"얼굴은 안 보여 모르겠고 목소리는 잘생겼다. 음역은 테너와 바리톤 사이!"

이어지는 문문의 말에 일행은 잠시 멈칫했다. 실수를 깨달은 수달도 당황한 기색이었다. 호박벌이 어깨를 으쓱하며 박수를 치자 아까시와 하쿠도 따라 했다. 호박벌의 미소를 받은 수달이 고개를 끄덕였다.

"감사합니다. 문문 님에게는 제 잘생긴 얼굴을 만져 볼 기회를 드리겠습니다."

터지는 웃음으로 분위기가 부드러워지자 수달이 다시 말

했다.

"고아, 왕따, 자퇴, 쉼터……. 제가 밟은 과정이었어요. 흔히 들 말하는 비행 청소년 코스예요. 힘들긴 했지만 그러려니 하 며 살았어요. 그러다가 학교밖지원센터에서 평생의 멘토를 만 났습니다. 그분 덕분에 진로를 정하고 검정고시를 통해 대학 생까지 되었어요. 바리스타, 제빵사 자격증 있고 농구, 축구 좋 아해요. 최근에는 필름 카메라에 빠져 있습니다. 흑백사진이 좋아서요."

"멋지구먼, 혹시 그 멘토란 분이……."

문문의 말에 수달이 황급히 말했다.

"예. 맞습니다. 호박벌 님 아니었으면 저야말로 여기 있을 자 격도 이유도 없습니다."

"오호, 수달, 고마워. 하지만 자격 운운은 그만, 내 판단을 의 심하는 일이니까. 멘티가 멘토 되어 동료로 만나는 거, 좋기만 하다. 어때요? 멋지지 않나요?"

호박벌의 말에 하쿠도 고개를 끄덕였다. 부잣집 도련님처럼 희끄무레하게 생긴 수달에게 불행한 과거가 있다는 게 놀랍고 아무렇지 않게 얘기하는 게 신기했다. 조만간 인생 선배로 따 로 만나고 싶었다.

"저는 아까시, 아까 수달이 아가씨냐고 하던데 그거 아니고요. 저기 보이는 저 나무요."

아까시가 뒷산 쪽을 가리키며 말했다.

"예, 맞아요. 흔히들 아카시아라고 하죠. 저는 선작 숲체원에 근무하고요. 호박벌 님은 숲해설가와 참가자로 만나 인연을 이어 오고 있습니다. ……저는 555 나나숲을 함께하게 되어 기쁩니다. 설레기도 하고요. 배우는 마음으로 임하겠습니다."

"내 차롄가요? 문문. ……본명을 안 쓰는 게 이상했는데 지금은 괜찮네요. 음, 내 전직은 교사, 지금은 안마원에서 일하는 65세 안마사. 황반변성으로 30대부터 점점 시력을 잃어 지금은 전맹에 가깝소. 대전맹학교에서 안마사 과정 밟은 걸 좋은 선택으로 치고 있는데 이 프로젝트도 그랬으면 좋겠소."

문문의 말은 군더더기 없이 깔끔했다.

"문문이 뭐예요?"

"흐흐, 뵈는 게 없으니 듣는 일만 하려고. 한자로 들을 문, 들을 문."

하쿠의 질문에 문문이 스스럼없이 대답하고 호박벌은 문문을 그윽하게 바라보았다. 문문의 나이와 장애가 다른 이들에게 익숙한 공기로 스며드는 것 같아 다행이었다. 모시기 잘했다 싶다.

옆 숙소 테이블에서 연기가 피어올랐다. 고기 타는 냄새도 함께 넘어왔다. 채식주의자는 아니지만, 호박벌은 숲속에서까지 고기를 굽는 게 못마땅했다. 그래서 완제품이나 밀키트를 준비하는 편이다.

"배고프니 간단하게 말씀드릴게요. 양해해 주셨으니 제가 단톡방을 두 개 열 건데요. 하나는 우리만, 다른 곳은 애들도 함께 있을 겁니다. 멘토님들은 애들을 만날 수 있는 시간만 올려 주시면 됩니다. 일주일 단위도 좋고 2~3일 전이라도 상관 없어요. 그걸 보고 애들이 찾아가면 될 테니까요. 물론 만나야 겠다는 학생에게 먼저 연락을 취하면 더 좋고요."

"애들이 알아서 연락할까요? 그럴 만한 의지가 있는 학생이 라면……."

아까시의 걱정을 호박벌이 다시 받았다.

"일단 스스로 선택하는 기회를 주자는 거고요. 아마 우리가 자주 불러내야 할 거예요. 애들 만날 때마다 우리만 있는 단톡 방에 메모 남겨 주세요. 애들과 나눈 얘기나 특이점들 공유하 는 것도 좋겠고요. 제가 정리해 나갈 겁니다. 학교에 출결 확인 용 공문 보내고 활동비 정산도 할게요. 무슨 일이든 센터로 연락하시고요. ……음, 남은 얘기는 앞으로 차차 하기로 하고 저녁 먹어요."

수달과 하쿠가 음식을 날랐다. 굵직굵직한 젊은이들의 부산스러운 움직임이 보기 좋았다. 호박벌이 만든 샐러드와 어묵탕, 가게에서 조달한 충무김밥, 유명 맛집에서 사 온 족발이 차려졌다. 과일과 술도 있었다.

호박벌이 음식 설명과 함께 문문 앞접시에 족발 몇 점을 덜고, 수달은 재바르게 술잔을 채웠다.

"앗, 수달! 하쿠에겐 주스."

아까시의 말에 수달의 손이 멈췄다.

"어른들 앞에서는 괜찮다 그랬어요. 주세요."

문문의 말에 하쿠가 벌떡 일어나 과장되게 고개를 숙였다. 산바람만큼이나 시원한 웃음이 사방으로 번졌다.

*

무더위가 지나고 아침저녁으로 제법 선선했다. 가을을 무척 좋아했던 호박벌이지만 아들이 떠난 뒤엔 가을맞이가 힘들었다. 근육 기억으로 아로새겨진 상처로 마음이 얼어붙고 에너지는 고갈되었다.

오늘도 호박벌은 비명을 지르다가 눈을 떴다. 밤새 뒤척거리다가 아침과 오전을 보낸 뒤 간신히 잠들었는데 기다렸다는 듯 악몽이 찾아들었다. 누운 자리에서 꼼짝할 수 없었다. 식은땀을 흘렸는지 오싹, 오한이 들었다. 호박벌은 이불을 끌어당기며 눈을 떴다.

깜깜한 하늘에 조각달과 별들이 빛나고 있었다. 그제야 아들의 침대에 누워 있다는 걸 알았다. 하늘이 아니라 천장이었고 달과 별은 형광 플라스틱이었다. 누운 채로 꿈을 떠올려 보았지만, 떠오르는 게 없었다. 꿈에라도 재후가 나타나 주면 좋겠는데. 호박벌의 바람은 오늘도 이루어지지 않았다.

복잡하고 부산한 꿈에서 깨어난 뒤에도 소리 같은 게 계속들렸다. 호박벌은 뻣뻣해진 손을 더듬어 스마트폰을 쥐었다. 오후 3시, 부재중 전화와 메시지가 쌓여 있었다. 알 수 없는 번호와 광고 메시지 사이에 아까시 이름이 여러 번 끼어 있었다. 연락 바랍니다, 가게 전화도 안 받으시네요, 지금 어디세요, 집으로 갈게요……. 그제야 호박벌은 현관 벨 소리를 인식했다.

호박벌은 침대 발치에 앉았다가 무거운 몸을 일으켰다. 암

막 커튼을 젖히자 방이 대번에 밝아졌다. 교복, 후드 티, 교과서와 문제집, 다양한 크기의 큐브가 차례대로 보였다. 열일곱 살 재후만 없었다. 날카로운 유리 조각이 마음을 가로지르는 것 같았다. 울컥 눈물이 맺혔다. 호박벌은 눈을 찡그리며 재후의 방을 나왔다.

벨 소리는 더 길어지고 소리 간 간격도 짧아졌다. 짐작대로 아까시였다. 호박벌은 거실을 눈으로 훑은 다음 현관문을 열었다. 헛걸음하면 어쩌려고 왔냐 했더니 아까시는 그렁그렁해진 눈으로 호박벌의 손을 잡았다. 호박벌의 마음도 후드득 흔들렸다. 그러지 말자고 다짐하며 지내면서도 재후에게 다녀오고 나면 살아야 할 의미가 깡그리 사라졌다. 억지로라도 외부로 향하던 에너지가 우주 밖으로 날아가 버리면 호박벌은 문을 꽁꽁 잠근 채 틀어박혔다.

블라인드를 걷자 밖에 머물러 있던 햇살이 거실로 쏟아졌다. 아까시는 호박벌을 앉힌 다음 챙겨 온 녹두죽을 식탁에 올렸다.

"그동안 못 드셨지요? 얼굴이 이리 상하도록……."

"벌겋죠? 갱년기 증상이 올라오네."

"아휴, 말 돌리지 마시고요. ……그날 제가 하필 출장 중이어서 혼자 힘드셨지요? 나무 찾기 어렵진 않으셨어요?"

아들 재후가 사고로 세상을 떠난 지 벌써 5년째였다. 생몰 연도와 이름 앞에 붙은 고(故)라는 단어를 인정할 수 없었던 호박벌은 아들을 봉안당 대신 숲체원 뒷산 오동나무 아래에 묻었다. 보라색 꽃이 필 때, 잎이 무성할 때, 잘 뻗은 가지가 골격을 드러낼 때…… 재후를 만나는 걸음은 늘 무겁지만, 기일에 가는 걸음은 유독 슬프고 힘들었다.

"지독한 길치인데도 그 나무만큼은 멀리서부터 알아봐요. 우리 재후가 손을 흔드는 것 같으니까."

"……술 드셨어요?"

지나가는 말인 듯 슬쩍 물었지만, 아까시의 마음은 조마조마했다. 호박벌은 재후가 떠난 뒤 습관적으로 술을 마셨다. 그 나날들, 벌떡 일어나 출근하고 정신없이 일하는데도 잠이 오지 않았다. 밤이 깊어질수록 정신이 또렷해지고 눈물이 흘렀다. 울다 지쳐 자는 것보다 독주를 털어 넣는 게 나았다. 그러다가 방학 때는 오후부터 술을 마셨고 그 이듬해는 오전부터 술을 시작했다. 개학이 다가오면 부득불 영양가 있는 음식을 챙겨 먹으며 학교 갈 몸을 만들어야 했다. 술에 의존하고 있다는 걸 알았지만, 내일부터 끊어야지 결심하며 술을 마셨고 오늘이 마지막이라 여기면서 술을 샀다.

그 술을 엄마가 돌아가시고 난 뒤 끊었다. 유언 때문이기도 했지만, 포개진 슬픔대로 술을 마신다면 돌이킬 수 없는 폐인이 될 것 같았다. 다행히 낭떠러지 직전에서 달리기를 멈추었기에 언덕 아래로 떨어지지는 않았다. 한의원에서 지은 약을 마셔 가며 호박벌은 술과 싸웠다. 호박벌은 아까시를 향해 고개를 저었다.

"죄송스러운 말씀이나 의심했어요. 555도 그렇지만 가게까지 방치하나 싶으니……. 찐단골이라 밝히고 쓴 SNS 보셨어요? 맛은 그렇다 치더라도 최소한 영업시간은 지켜야 하는 거 아니냐고……. 댓글도 수십 개 달렸어요."

"미안해요. 나도 내가 힘들어."

"제게 미안할 건 아니고요. 어머니께서 일구신 가게라 제가 다 흥분해서……."

"나가려고 했는데…… 잠을 못 자서……."

"아, 그날 챙겼어야 했는데……. 어젯밤에야 알았지 뭐예요. 숲체원 행사가 있어 김밥 주문으로 전화 넣었더니 안 받으셔서요. 첨엔 바쁘시나 했다가 이상한 느낌에 SNS도 봤죠."

"와, 이 죽 맛있다. 이거 어디서 샀어요?"

"말 돌리시긴……. 그동안 뭘 드시긴 했어요? 밥솥 보니 깨끗한 게……. 저기, 커피박은 왜 저렇게 많아요?"

아까시가 말했다.

"술 안 마시려고 커피 마셨어요. 원두 드립하고 있으면 머리가 비거든. 향도 좋고."

"잠은요? 가뜩이나 못 주무시면서……."

"아까시, 너무 나무라지 마요. ……고마워요."

"호박벌은 혼자가 아니잖아요. 비록 돈을 받긴 해도, 김밥 파는 일을 '보시'라 하셨다면서요. 어머니께서요. 그 뜻 이어받아 좋은 재료로 맛있게 말아 내는 밥 보시, 계속하셔야 하고요. 무엇보다 555 나나숲도 제대로 추진해야지요."

"알겠어요, 알겠어. 이번엔 리듬이 깨졌을 뿐 견디기 한결 나았어요. ……555는? 별일 없었어요?"

호박벌이 지향하는 모든 것을 담은 555 나나숲, 그 일은 재후가 하는 일이었다. 재후의 짧은 삶이, 너무 이른 죽음이 세상에 남기는 메시지이기도 했다.

"지금 표정이 달라진 거 아세요? 이제 센터장 같으세요. 열성과 추진력 짱, 호박벌 말이에요."

"이 녹두죽이 특효약인가 봐. ……덕분에 동굴 밖으로 나왔어요."

"다행이에요. ……호박벌, 외출하실 수 있겠어요? 사실은 문문도 걱정하고 계세요. 만나자 하시니 함께 나가요. 가을 햇살이 좋아요."

"아, 지금은…….'

"지금이 딱 좋아요. 아, 이 말. 지금이 딱 좋아요, 이거 호박벌이 제게 하셨던 말씀이에요. 기억하세요? 예전에 우리 집 오셨을 때……."

그랬다. 아까시도 늘 명랑 유쾌한 건 아니었다. 아직도 20대 트라우마 때문에 울컥울컥 눈물을 쏟을 때가 있다. 살아야 할 수백 가지 의미들이 모두 사라지고 차라리 죽는 게 낫겠다는 생각에 빠질 때가 있다.

"문문 뵙기가……. 그분 앞에선 이런 것도 다 투정 같아서……."

"흐흐, 핑계는 그만, 수달 일하는 곳으로 갈 건데, 그만둘까요?"

수달이라는 말에 호박벌 입이 저절로 벌어졌다. 가만 보면 아까시는 거절할 수 없도록 일을 꾸미는 능력이 있다.

*

길 건너편에 주차한 다음 호박벌과 아까시는 편의점에 들어 갔다. 계산대부터 쳐다본 다음 매장을 천천히 돌며 기웃거려 도 수달은 보이지 않았다. 형식적으로 고른 생수를 계산대로 올렸다. 신용카드를 리더기에 꽂는데 관계자만 드나드는 낮은 문으로 수달의 얼굴이 보였다. 호박벌과 아까시는 그제야 반 색하며 알은체했다.

호박벌과 아까시는 바깥으로 나와 그늘막이 드리워진 테이 블에 앉았다. 편의점이 들어선 곳이라 그런지 눈앞의 4차선 도 로에 자동차와 버스가 연달아 다녔다. 내리막길이라 차량이 속도를 줄였지만, 이쪽에서 보면 오르막길이었다. 도로 바닥 에 흰 페인트로 상습 결빙 구역이라고 크고 선명하게 찍혀 있 었다.

수달이 따라 나와 커피 캔을 두 개 올렸다. 호박벌이 당황하 며 손사래를 쳤다.

"아이참, 왜 이래? 마시고 싶으면 우리가 샀지. 얼른 취소……."

"선생님, 제 마음인데, 이 정도라도 하게 해 주세요. 재고 정리 끝내고 올게요. 근데 선생님, 어디 아프셨어요? 얼굴이……."

"갱년기 증상이에요. 호박벌, 그죠?"

아까시의 말에 호박벌도 고개를 끄덕였다. 적절히 끼어드는 센스가 고마웠다. 희고 가지런한 이를 드러내며 웃던 수달이 안으로 들어가자 아까시가 다시 말했다.

"저 봐요, 휜칠해서 그런지 앞치마까지도 잘 어울리네요."

"그럼요. 수달은 옆에 있기만 해도 기분이 좋아지죠. 긍정 에너지를 타고났어."

"힘들게 자랐다는 게 안 믿어져요."

"회복 탄력성에 관한 책을 읽는데 딱 수달이더라. 쟤는 시련과 실패를 몰라요. 남이 볼 때는 엄청 부정적인 상황인데도 문제 해결에만 집중해요. 감정적 에너지를 낭비하지 않는달까, 그 힘이 어디에서 오는지 항상 궁금해. 기질적 특성인지 후천적으로 스스로 개발하는 건지."

"둘 다겠지요? 마음의 근력이 튼튼한 거죠. 그러고 보면 고통이니 밑바닥이니 하는 것도 상대적인 건가 봐요. ……부러운 힘이네요."

"노력도 많이 해요. 불행을 무조건 받아들이는 것도 아니고. 어릴 때부터 감정 일기를 써 왔대요. 자기 불행을 해석하고 극복하기 위해 끊임없이 책 읽고 공부하는 친구예요. 어떨 때 보면 수달이 나보다 더 어른 같애……."

"하지만 수달도 혼자일 때는 울지 몰라요. 어쩌면 숨어서 우는 힘으로 저리 의연할 수 있을지도 모르고요. 씩씩한 호박벌이 1년에 한 번씩 잠적한다면 누가 믿겠어요? 저도 그렇고요. ……저 도로가 상습 결빙 구역이라면 사람에겐 상습 결빙 기간이 있는 거 같아요."

"오호, 그럴듯해요. 상습 결빙 기간이라…… 위안이 됩니다."

그때 택시가 정차하고 차 문이 열리더니 흰 지팡이부터 밖으로 나왔다. 호박벌과 아까시가 다가가서 문문을 반겼다. 모시러 가겠다 해도 장콜 타면 된다며 사양하더니 예상보다 일찍 도착했다. 장애인 전용 콜택시 시스템이 잘되어 있다는 게 사실인 모양이었다.

문문이 호박벌의 손을 힘주어 잡았다가 놓았다. 말은 없었으나 문문의 마음이 고스란히 전달되는 듯해 호박벌은 콧등이 시큰해졌다.

캔 커피를 쥐여 주는 호박벌에게 문문이 말했다.

"볕이 좋습니다. 잘 나왔어요."

문문의 말에 아까시가 그렇다고 답하고 호박벌은 벌게진 눈을 들키지 않아 다행스럽게 여겼다.

"강건하셔야죠. 대장이 흔들리면 우리도 비틀거리게 됩니다. 이제 맛있는 거 먹으러 갑시다. ……그런데 여기가 수달이 일하는 곳이라고요?"

"예. 지금 재고 정리로 바쁜가 봐요."

"근무 시간이 언제까지일까요? 수달 마칠 때까지 기다릴까요?"

문문의 말이 떨어지자 이번엔 호박벌이 반색했다. 수달의 일이라면 무엇이든 좋았다.

"제가 물어보고 올게요."

아까시가 재바르게 일어났다.

잠시 뒤 아까시가 엄지와 검지를 둥글게 말아 보이며 편의점 안에서 나왔다.

"30분 뒤에 마친대요."

"오호, 잘됐습니다. 여기서 기다렸다가 함께 갑시다."

문문의 말에 호박벌은 박수로 답했다.

"우리 조카, 하쿠도 연락해 볼까요?"

아까시가 말했다.

"아아, 그렇군요. 하쿠, 좋습니다. 호박벌, 어쨌든 오늘 저녁은 제가 삽니다. 넘보지 마세요."

아까시는 스마트폰을 들고 문문과 호박벌은 웃었다. 뉘엿뉘
엿 넘어가려던 햇살이 걸음을 멈추고 세 사람을 따스하게 에
워쌌다.

그냥 전학이라니

"앗, 아닌데."

민철이 아가씨라 부르자 아까시가 웃음을 터뜨렸다. 아이 씨, 낮게 내뱉는 민철을 진목이 째려보았다. 더 거친 반응이 나왔을 테지만 다행히 민철은 창밖을 보고 있었다. 마음이 조마조마했던 현도 통창 너머 숲을 보았다. 바람이 부는지 큰키나무들이 이리저리 흔들렸다. 잎은 다 초록인 줄로만 알았는데 조금씩 색깔이 달랐다. 연두색에서 진녹색까지 다양하고 뒷면이 연갈색을 띠는 잎도 있었다.

"저기 마른 이파리 달고 있는 나무, 찾았니?"

아까시의 손끝이 향하는 쪽을 바라보았다. 표면이 울퉁불퉁하게 파인 나무가 비스듬히 뻗어 있었다.

"아카시아라고 들어 봤어?"

"저게요? 꽃이 피어 있으면 알아봤을 텐데. 흰 꽃이 송이송이 피잖아요. 우리 땅 나쁘게 하려고 일본이 강제로 심었다던데……."

진목이 아는 척하자 이번엔 민철이 눈을 희번덕거렸다.

"맞아. 꽃이 달렸으면 맞혔겠지. 우리가 아카시아라고 부르는 저 나무의 원래 이름은 아까시나무야. 바로 나."

"헷갈리게 왜 그런 걸 이름으로 써요? 수달, 호박벌처럼 단번에 알아들을 수 있는 게 좋잖아요."

진목의 말에 아까시가 빙그레 미소 짓고는 대답했다.

"바로 이런 이유, 지금 우리처럼 말문 열기에 좋거든. ……음, 그리고 아까시나무에 대한 오해도 풀어 주고 싶어서. 저기 봐, 밑으로 처진 갈색 주머니 같은 거 보이지? 꽃 지고 맺은 열매들이 안에 들었어. 아까시나무가 콩과에 속하니 콩깍지인 셈이지. 그런데 원래 콩과 작물은 땅을 기름지게 하거든."

"아, 질소 고정."

"어머나, 진목이 똑똑하다. 맞아, 아까시나무 뿌리에 공생하는 뿌리혹박테리아가 흙 속 질소들을 식물에 도움 되도록 바꾸지. 그걸 질소 고정이라 하고…….”

“전교 1등 나셨네. ……아, 멘토님 말고 여기 이분.”

진목을 가리키는 민철의 손짓을 쳐다보고는 아까시가 다시 말했다.

“꽃이 피면 나무 전체가 하얗잖아. 예쁜 데다 벌을 불러들여. 그 덕분에 우리는 꿀을 먹고. 10월쯤에 노랗게 물드는 단풍도 볼만하니 아름답기까지 하지. 해로운 나무라는 오해를 벗었으면 해.”

현은 아까시의 설명에 빠져들었다. 말 때문인지 사람도 더 멋져 보였다.

“이야기가 너무 길었지? 이제 오늘 일정을 얘기할게. 곧 목공 체험이 있어. 지역아동센터 단체인데 너희도 함께할 거야. 내가 미리 신청해 두었거든. 그리고 목공 끝나면 퇴근 시간이니, 그때 우리끼리 숲길 걷자. 질문? ……없는 거 같으니 10분 뒤 강의실에서 만나.”

아까시가 사무실로 가자 진목이 굳은 표정으로 말했다.

“왜 비꼬는데? 대답했을 뿐이잖아.”

그 말에 민철이 목을 그르렁거렸다. 이어지는 말도 유들거려 당사자가 아닌 현도 불쾌할 정도였다.

"내가 뭐얼? 똑똑하다고 한 것밖에 없잖아."

그러더니 진목을 비스듬히 꼬나보던 시선을 돌려 딴청을 부렸다. 민철은 고개를 끄덕이며 전시된 나무 액자를 보고 진목은 두 주먹을 쥐며 몸을 떨었다. 지켜보는 현은 마음을 떨었다. 잠시 뒤 진목이 말했다.

"그래? 그게 네 수준이구나. 근데 어쩌나. 그런 위협은 동네 꼬마 애들에게나 통하지. ……꼴랑 세 명 모인 데서도 대장질 하고 싶나 본데, 넌 유치하지 않나?"

"뭐? 이 새끼?"

"그렇지. 말보다 주먹. 왜? 머리가 없으니까."

민철이 나무 액자를 손에 들고 고개를 돌렸다. 무의식적으로 물러섰던 진목이 똑바로 섰다. 민철이 진목을 내리치려는 순간 현이 둘 가운데 섰다. 덩치 차이가 컸다. 민철이 중학생 같았고 진목과 자신은 초등학생인 민철과 자신 같았다. 현은 소공원의 어린아이처럼 몸이 쪼그라들고 마음이 두근거렸다. 그때 그 형들은 지금도 남을 괴롭히고 있을까? 민철은 왜 이렇게 되었을까?

현은 민철이 들고 있는 액자를 잡았다.

"민철아, ……이러지 마."

"아이 씨, 넌 뭐야? 이것들이 쌍으로……."

민철이 얼굴을 일그러뜨리며 소리 질렀다. 알은척 말라던 말이 떠올랐다. 현은 공중에서 날아오는 민철의 손바닥을 보며 눈을 감았다. 온몸의 신경이 곤두서는데 아픔이 느껴지지 않았다. 현이 눈을 떴다. 씨발, 민철이 낮게 내뱉으며 밖으로 나가 버렸다. 현은 유리창에 남은 손바닥 자국을 바라보았다. 마음이 여전히 두근거리고 정신을 차릴 수 없었다.

휙 나갔던 민철이 잠시 뒤에 아까시와 함께 돌아왔다. 아까시에게 붙들린 것인지 양손 가득 짐까지 들고 있었다. 시끌벅적하며 학생들도 뒤따랐는데 몸집과 연령대가 다양해 보였다. 들어가자, 아까시가 걸어가며 현과 진목에게 말했다. 현은 말 없이 민철의 짐을 나눠 들었다. 그 순간 민철의 얼굴에 웃음 한 조각이 쓱 지나가는 걸 보았다. 예전에 많이 보았던 표정이다. 목덜미의 점처럼 민철에게 남아 있는 게 더 많으면 좋겠다.

선생님, 뭐 만들 거예요? 냄비 받침. 에이 시시해. 타일에 그림 그려서 나무에 붙일 거야. 나는 필통 만들고 싶었는데. 예쁘게 만들어 날마다 쓰면 좋잖아. 가져가도 돼요? 그럼. 우와…….

여자애들과 아까시가 주고받는 말이 몇 계단 아래서도 들렸다. 붙임성 좋은 애들을 보니 여동생 생각이 났다. 쉼 없이 종알거리던 어릴 때와 달리 지난 설 연휴 땐 방에서 나오지도 않았다. 오랜만에 오빠 만났는데 인사도 안 하느냐고 엄마가 나무라도 소용없었다. 엄마는 사춘기라 그러니 이해하라고 했다. 얼마 전까지만 해도 종일 재잘거렸는데, 겨우 6학년이 뭔 사춘긴가 싶었다. 현은 동생을 떠올리며 시끌벅적한 여자애들의 나이를 짐작해 보았다.

동생 생각에서 빠져나온 현이 뒤를 돌아보았다. 나란히 걷던 진목이 보이지 않아서였다. 현은 아래쪽 계단참에서 사진을 찍고 있던 진목과 눈이 마주쳤다. 진목이 스마트폰을 내리며 현에게 손을 들어 보였다. 현은 진목을 기다릴 겸 천천히 계단을 밟았다.

"사공현, 알바는 정했어?"

성큼성큼 계단을 밟아 온 진목이 거친 숨을 삼키며 말했다. 그동안 여러 번 만났어도 이름이 불리는 건 처음이었다. 현의 마음이 단숨에 부드러워지는 것 같았다.

"아, 아니. ……아직."

"수달이 편의점 연결해 주지 않았어?"

"……그게, 아마, 곧……."

"칼국수 가게도 생각해 봐. 내가 주말에 일하는 곳인데 평일 타임으로 물어봐 줄 수 있어. 나르고 치우고…… 시키는 대로 하면 되니까 어렵진 않을 거야."

"으응, 그, 그래……."

여전히 생각에서 말까지의 길이 멀었다. 현은 제 머리를 쥐어박고 싶었다. 그래도 진목이 말을 끊거나 짜증 내지 않아 다행이었다. 필요하면 언제든 연락하라는 말도 고마웠다.

선작숲 무장애길.

나무 덱으로 만들어진 길에 섰다. 동서남북 눈길이 미치는 끝이 높고 낮은 산이었고 그 사이엔 모두 큰키나무였다. 아, 하는 감탄사가 저절로 흘렀다.

"누구나 편하게, 휠체어도 다닐 수 있게 만들어서 무장애길이라 해. 공원이나 숲에 많이 생겼는데 난 다른 이름을 붙여 주고 싶더라. 보통명사가 고유명사를 대신하는 거 같아서 말이야."

아까시의 말에 현은 고개를 주억거렸다. 진목과 민철은 사인이 목적일 수 있으나, 현은 처음부터 아까시가 좋았다.

"숲 탐정단 프로그램을 하는 곳이기도 하지만 우리는 걷기만 할 거야."

아까시가 앞장서고 현과 진목이 그 뒤를 따랐다. 시간이 갈수록 현은 걸음이 처졌다. 형님 아우 하는 사이라는 쪽동백나무와 때죽나무, 잘 뻗은 데다가 피부가 비단결 같은 노각나무, 층층이 꽃을 피워서 층층나무, 코르크 병마개로 쓰는 굴참나무……. 나무 이름과 설명이 게시되어 있으니 한 그루 한 그루를 자세히 보게 되고 꽃이나 열매를 상상하는 재미도 있었다. 반환점을 돌아오는 젊은 여성 팀을 만날 때는 저절로 그쪽 숲 해설가의 설명에 귀를 기울이게 되었다. 현은 아까시에게 멘토 신청을 해 봐야겠다고 생각했다. 혼자, 그것도 자발적으로 나서는 건 처음이지만 그러고 싶다는 바람이 생겼다.

딱따구리가 나무를 쪼는 모습과 소리에 빠져 있던 현은 주위를 살폈다. 아까시는 물론이고 제일 늦게 출발했던 민철도 보이지 않았다. 현은 걸음을 빨리했지만 얼마 못 가 또 멈추고 말았다. 저만치 진목이 보여 다행이었다. 참나무 6형제 이야기를 읽던 현은 문득 이상한 느낌에 진목을 다시 보았다. 나무나 풀꽃을 찍는 줄 알았는데 진목이 바라보는 방향이 달랐다. 진목은 건너편 오르막길에 멈춰 선 단체 팀을 향해 스마트폰을 누르고 있었다. 텍 길이 구불구불하니 거리가 가까웠다. 그들이 진목을 보고 있지 않으니 단체 사진을 부탁받은 것도 아닐 텐데 왜 찍는지 궁금했다.

반환점을 돌면서 현은 걸음을 빨리했다. 진목과 함께 마지막엔 뛰다시피 했는데도 출입구에 닿을 무렵엔 날이 어둑했다. 아까시와 나란히 서 있는 민철의 표정이 보이지 않았다. 기다리다 화났겠지만 혼자 가 버리지 않아 다행이었다. 민철이 아까시에게 하는 말이 들렸다.

"아이참, 왜 안 믿으세요? 진짜라니까요."

"설마……. 네가 잘못 봤겠지."

아까시가 주춤거리자 민철은 진목을 겨냥했다.

"참내, 속고만 사셨나. ……야, 너 스마트폰 꺼내 봐."

"나? 내가 왜?"

진목이 발끈하면서 덤빌 듯 민철에게 다가갔다. 체험 이전에 당했던 분통까지 올라오는 모양이었다.

"너, 냄비 받침 만들 때 왜 자꾸 폰을 들이댔어?"

"사진 찍었다, 왜? 네 허락이라도 받아야 하는 거였어?"

"이 새끼, 겁을 상실했구먼. 그냥 사진이 아니잖아. 여자애들만 골라 찍었잖아. 걔들에게 정신 팔려 내가 지켜본 건 모를 거다."

"정민철, 말이 심하다."

아까시가 끼어들자 민철이 더 흥분했다.

"그러니 저 새끼 폰 보자고요. ……봐요, 켕기는 게 있으니 못 내놓잖아요."

현은 그제야 산책길에서 보았던 장면을 이해할 수 있었다. 민철이 보았다는 내용과 크게 다르지 않을 것이다. 하지만 민철의 말을 믿고 싶지는 않았다.

"잘못한 게 없는데 몰아붙이니 대응할 가치가 없어서 그렇다. 네가 뭔데 남의 폰을 이래라저래라 간섭이야, 사생활이란 말도 몰라?"

"사생활 좋아하시네. 야 이 새끼야, 도촬은 범죄야, 범죄. ……사공현, 너도 봤지? 그 머리 긴 애들 있잖아. 그림 견본 들고 모여 있을 때 이 새끼가 폰 펑펑 눌러 댔던 거."

민철이 갑자기 자신을 향하자 현은 당황했다. 아까시와 진목의 시선도 부담스러웠다. 주위는 더 어두워지고 바람에 흔들리는 나뭇잎이 쐬아쐬아 소리를 냈다.

"……못 봤어. 내 그림 그리고 꼬마들 색칠 도와준다고…….

거짓말은 아니었다. 다만 숲에서 본 걸 말하지 않았을 뿐이다. 현의 말이 다 끝나기도 전에 진목이 소리쳤다.

"봐, 완전 생사람 잡고. 정민철, 그냥 있지 않을 거야."

"못 봤을 뿐이라잖아. 나는 봤고. ……그래, 좋다. 내가 생사람 잡았다 치자. 그 증거로 폰 열어 보란 말이야."

"그만! 그, 만! 오늘은 여기까지. ……일단 사무실로 들어가자."

아까시가 강한 손짓으로 두 사람을 제지했다. 딱딱 끊는 말투에 단호함이 배어 있었다.

아까시가 앞장서자 진목이 따라 걷고 현이 그 뒤를 이었다. 씨발, 민철이 중얼거리며 신발을 끌었다.

*

웃음소리, 발 끄는 소리, 고양이에게 건네는 말소리……. 현은 안방과 마루를 오가는 할머니를 느끼며 워크북을 꾸미고 있다. 책상 위에 제멋대로 널린 색연필, 사인펜, 연필, 지우개처럼 현의 마음도 자유롭고 편안했다.

현은 몇 시간 동안 집중해 만든 표지를 눈높이로 들었다. 이등변삼각형으로 뻗은 나무가 늘어섰고 거기서 시작하는 오솔

길은 숲으로 이어져 있다. 메타세쿼이아가 제대로 그려지지 않았고 따스하게 내리는 햇살을 표현하기는 더 어려웠다. 그래도 '말 없는 공원'으로 제목을 붙이고 남자애가 앉아 있는 나무 벤치와 책이 올려진 테이블을 갖추니 제법 그럴듯해 보였다. 프로젝트를 시작한 지 한 달 만에 겨우 시작한 앞표지였다. 아직 상상의 공간이 완전히 드러나지 않았지만, 조금씩 그려 가면 될 것 같았다.

현은 워크북을 천천히 넘겼다. 그동안 멘토와의 만남 코너가 꽤 채워졌다. 먹기와 상담을 반반쯤 했던 호박벌과의 만남이 가장 많았고 아까시 사인도 몇 번 있었다. 호박벌과 달리 아까시는 현이 요청해서 만났다. 선작산 숲체원으로 가려면 버스를 두 번이나 갈아타야 하지만 현은 그곳이 좋았다. 주로 숲 해설을 듣는 아이들이나 노인들 뒤를 따라 걸었는데 며칠 전엔 유치원 아이들 성화에 매미 허물을 몇 개나 찾아야 했다. 숲 활동에 필요한 도구를 들어 주다가 아이들에게 선생님이란 말도 들었다. 난처해하는 현과 달리 아까시는 웃기만 했다. 낯 뜨거운 기억이다.

현은 하쿠와 수달의 사인이 있는 면도 들여다보았다. 꼭 대화일 필요는 없다고 했으니 농구 장면을 간추려 적었다. 체육 수행 평가 때 잡아 본 공이 전부인 현은 태어나서 처음으로 2대 2 농구 시합을 해 보았다. 수달이 제안하고 하쿠가 시간과 장소를 정해 이루어진 만남이었다. 운동 자체가 내키지 않은 현과 달리 민철은 운동복까지 갖추어 입고 제시간에 나타났다.

몸풀기 드리블과 슛 자세 탐색을 거쳐 민철은 수달과, 현은 하쿠와 같은 편이 되었다. 3라운드, 11점 내기로 경기가 시작되었다. 현은 이내 호흡이 달리고 속도도 느렸다. 수달과 몸이 닿을 때 상체가 들리고 민철과 공중에서 부딪힐 때는 그대로 날아가 버렸다. 피지컬이 뛰어난 하쿠가 득점을 이어 갔지만, 힘은커녕 민첩성 제로에 점프력도 없는 현 때문에 점수 차이가 급격히 벌어졌다. 한 발 한 발 정확하게, 초점 맞추고 리시브 턴 스텝! 하쿠가 외쳤지만 현의 몸이 따라 주지 않았다. 얼마 지나지 않아 경기는 완패로 끝나고 약속대로 아이스크림을 사야 했다.

하쿠가 돈을 내고 현이 편의점을 다녀왔다. 주위는 어느새 어둑어둑해지는데 두 덩치가 공을 뺏고 뺏기며 엎치락뒤치락하고 있었다. 현은 수달 옆에 서서 그들을 지켜보았다. 몸싸움이 치열했고 3점 슛에 덩크도 나왔다. 수달이 아이스크림 녹는다고 몇 번이나 외치고서야 민철과 하쿠는 농구장 밖으로 나왔다. 넷은 선 채로 아이스크림을 입에 물었다. 다음에 한 번 더 붙자고 하쿠가 말하자 민철은 현에게 그때는 우리 둘이 편 먹자고 했다. 하쿠가 다음엔 햄버거 내기라고 도발하자 민철은 현을 연습시킬 거라고 응수했다. 현은 깜짝 놀랐지만, 그냥 웃고 말았다. 민철이 하쿠와 스스럼없이 어울리는 모습을 다시 볼 수 있다면 날마다 농구공 튀기기 정도는 할 수 있을 것 같았다. 그렇다고 게임에 이길 수는 없겠지만 민철을 자주 만난다는 게 중요했다.

*

9월 마지막 주 목요일, 진목의 학교에서는 다음 날 있을 축제 리허설을 했다. 남녀 사회자의 멘트에 따라 스태프가 학급이나 개인 참여자를 무대에 올렸다가 위치를 조정한 다음 다시 내려보냈다. 음향과 음악을 점검하는 방송반도 분주히 움직였다. 그들은 학생회 축제준비위원회 소속임을 알리는 넓적한 이름표를 목에 걸고 있었다.

무대 공연 담당인 진목은 2학년 선배와 함께 체육관 중간쯤에 서 있었다. 진목이 할 일은 무대가 충분히 활용되고 있는지 살펴 무대 위 스태프에게 알리는 것이었다. 엄지와 검지로 동그라미를 만들어 보이거나 오른쪽, 왼쪽, 뒤로 앞으로 등을 지시하기도 했다. 주로 무전기를 든 2학년 선배가 맡아서 했고 진목은 조수처럼 서 있었다. 진목뿐 아니라 1학년 스태프는 대개 그랬다. 내년에 잘할 수 있도록 선배들의 활동을 지켜보는 게 임무였으니까.

진목은 이름표를 만지작거리며 체육관 안을 둘러보았다. 크고 작은 무리가 여기저기에 흩어져 있었다. 바쁘게 돌아가는 무대 위와 달리 그들은 떠들거나 장난치다가 느릿느릿 일어나 이동했다. 스무 걸음쯤 앞쪽엔 여선생 둘이 서 있었다. 영어 선생은 알겠는데 한 명은 낯설었다. 조금 전 무대로 올라간 반에 이러니저러니 참견하는 걸로 봐서 2학년 담임 같았다. 원피스를 입었는데 뒷등과 허리의 윤곽이, 잘 뻗은 다리가 고스란히 드러났다. 비율이 좋았다. 진목의 반 수업에 들어왔다면 영어를 제치고 섹시걸이 되었을 법했다.

지구의 시작은 먼지 덩어리라고 했던가. 진목의 두근거림도 늘 그랬다. 눈에 보이지 않던 것들이 모이고 뭉쳐 가슴팍 어느 부위에 앉아 들썩였다. 수업 시간 발표를 앞두었을 때처럼 손에 물기가 배고 머릿속에 생각이 사라졌다. 진목은 호주머니에 손을 넣어 스마트폰을 쥐었다. 일과 중에는 제출이 원칙이지만 축준위 활동 때문에 오늘은 예외였다. 진목은 스마트폰을 꺼냈다. 우선 무대를 향해 셔터를 눌렀다. 찰칵, 찰칵, 찰칵…….

그다음엔 스마트폰 몸체를 살짝 뉘었다. 진목의 조준은 한 치의 망설임도 없었다. 화면을 보자 심장이 멎는 것 같았다. 발끝에서 머리까지 뜨거운 기운이 휘돌았다. 몽롱하면서도 차분해졌다. 숨이 턱에 닿도록 뛰다가 어느 순간 만나게 되는 황홀한 기분 같았다. 진목은 다시 셔터를 눌렀다. 단독 조명을 쏘는 것 같았다. 찰칵, 찰칵, 찰칵, 찰칵…….

"야, 야!"

진목은 화들짝 놀라며 스마트폰을 내렸다. 선생 두 명이 다가왔다. 뒤쪽에 서 있었던 모양이었다. 단발머리를 한 선생이 손을 내밀었다.

"너, 지금 뭐 했어? 그거 내놔."

"리허설 무대 찍었는데요."

진목은 목에 걸린 이름표를 들어 보이는 한편 앞을 가리켰다. 그때 몇 걸음 늦게 도착한, 축제를 총괄하는 국어 선생이 끼어들었다.

"난 또 뭐라고. 하 선생, 축준위는 오늘 스마트폰 내줬어. 서로 연락하고 기록도 남겨야 해서."

옆에 섰던 2학년 선배도 같은 말을 했지만 단발머리는 진목의 팔을 잡았다. 거칠고 억센 힘이었다. 여차하면 강제로라도 뺏을 태세였다.

"무대 촬영이 제 일이에요."

"어쨌든 네가 방금 찍은 걸 봐야겠어. ……방향이 아니었잖아."

단발머리는 진목의 얼굴을 향해 한 문장씩 끊어 말했다. 저절로 뒷걸음질 칠 만큼 싸늘하고 단호했다. 진목은 스마트폰 쥔 손을 호주머니에서 빼지 않았다. 같은 말을 반복하는 실랑이에 앞쪽 섹시걸들도 가까이 왔다. 손이 축축해지고 피돌기가 빨라졌다. 단발머리의 집요한 요구에 국어 선생도 당황하는 것 같았다. 학생들 눈길도 모이자 국어 선생이 서둘러 말했다.

"하 선생, 일단 여기서 나갑시다. 애들이 말이라도 만들어 내면 큰일이야. 이진목, 너도 따라와. 오해가 있다면 풀어야지."

국어 선생이 앞장서고 단발머리가 진목 옆에 붙었다. 섹시걸들도 뒤를 따랐다. 빼도 박도 못하는 상황, 진목은 주위를 둘러보았다. 축준위 선배와 동기들이 몸짓과 표정으로 무슨 일인지 묻고 있었지만 도움을 요청할 수 없었다. 부자연스럽고 기계적으로 걸음을 옮기며 체육관을 나와 운동장을 가로질렀다. 진목은 스마트폰을 꼭 쥐었다. 차라리 깨 버리면 좋겠는데 방법이 떠오르지 않았다. 주머니 안에서 손만 옴짝거리다 보니 어느새 본관이었다.

학생부 교무실엔 부장 선생만 앉아 있었다.

"진목이 웬일이야? 전교생이 사고 친다 해도 빠질 녀석인데…….무슨 일입니까?"

학생부장이 진목과 선생들을 번갈아 보며 말했다. 진목은 학생부장뿐 아니라 여러 선생과 사이가 좋았다. 수업을 열심히 들었으며 모둠 활동에 주도적으로 참여했다. 말을 잘하고 글을 잘 쓴다는 칭찬도 받았다. 청소 시간엔 다른 애들보다 먼저 밀대를 잡았고 분리수거 도우미 활동도 빠뜨리지 않았다. 1학기 때는 학급 애들 추천으로 모범상도 받았다.

교무실 안에서만 들어갈 수 있는 공간이 따로 있었다. 상담실처럼 소파가 놓여 있고 둥근 탁자엔 연두색 테이블보도 덮여 있었다. 예쁘게 꾸며져 있었으나 혼자 있으려니 무언가에 짓눌리는 기분이 들었다. 앉아야 할지 서야 할지 모르겠고 숨이 가빴다. 이래서 취조실이라 하나 싶었다.

열 시간 같은 10분이 흐른 뒤 학생부장이 들어왔다. 긴말 안 하겠다며 스마트폰을 내놓으라고 했다. 진목이 가만히 있자 그는 톡, 톡, 톡, 유리를 치며 손을 앞으로 내밀었다. 진목은 더 버티지 못하고 기계를 탁자 위에 올렸다.

"폰 열어. 널 믿지만 저리들 의심하니 일단 볼게. 넌 여기 있어."

잠금 패턴을 풀어 다시 건네자 학생부장이 밖으로 나갔다. 이제 곧 선생들이 파일을 모두 뒤지겠지. 늘씬하거나 뚱뚱하거나, 길거나 짧거나, 투명 스타킹이거나 덧신이거나 모두 아름다운 다리! 스커트에 반쯤 덮인 허벅지, 옴짝거림이 잡히는 듯한 무릎과 오금, 상앗빛 종아리에 드러나는 핏줄, 근육 뒤로 숨은 채 정교하게 이어지는 넓적다리뼈에서 복사뼈까지 모두 사랑스러운 다리! 연속이든 한 컷이든 모두 공들인 촬영! 울생, 울쌤, 버정, 체공······. 아, 너무 정직했다. 파일명이라도 바꿔둘걸. 진목은 제 머리카락이라도 쥐어뜯고 싶은 심정이었다.

취조실 같은 공간을 나오자 학생부장만 있었다. 그는 진술서를 받아 들며 턱으로 진목의 스마트폰을 가리켰다. 압수를 각오하고 있었던 진목은 잽싸게 주머니에 넣고 허리 굽혀 인사했다.

교실 문을 열자 모든 시선이 쏠리는 것 같았다. 허방을 디디는 듯 발걸음이 부자연스러웠다. 자리에 앉기도 전에 민재가 쪼르르 다가왔다.

"야, 사진 대박!"

놀라 자빠질 뻔했지만, 진목은 못 들은 척 자리에 앉았다.

"얘가 감동이 없네, 없어. 지역 탐구 보고서, 우리 모둠이 1등. 네가 현장 사진 찍어 온 덕분이야. 굿굿! 인터넷 내려받기는 다 감점이었대."

민재가 엄지손가락을 거듭해서 들었다. 진목은 가슴을 쓸어내렸다. 아직 말이 퍼지지는 않은 모양이었다. 학생부장 말처럼 정신을 바짝 차려야 했다. 진목은 슬쩍 웃어 보인 뒤 책상에 엎드렸다. 아무 소리 말고 잠자는 척이라도 해. 진목은 어느새 학생부장의 지시에 따르고 있었다.

눈까지 감았으나 정신은 말똥했다. 엄마의 반응이 걱정되었고 아빠가 알게 될까 봐 신경 쓰였다. 교실은 여전히 시끄러웠고 교과 선생이나 담임은 나타나지 않았다.

축제 날 진목은 집에만 있었다. 축준위 선배와 민재가 여러 번 전화했으나 받지 않았다. 엄마 엄명이었다. 반응이 과민하고 훈계가 반복되었지만, 학교에 까발려지는 것보다는 나았다.

며칠 뒤 진목은 새 교복을 입고 바다가 보이는 학교로 전학 갔다. 남녀 합반이었는데 반장을 비롯한 여학생들이 학급 일을 주도했고 남학생은 말 잘 듣는 애 같았다. 여학생이 뿌리는 향기 때문인지 분위기가 한 옥타브쯤 높아 보였다. 학급 단톡방에 초대된 진목은 이전 학교 축준위와 학급 단톡방에서 나왔다.

진목은 스스로 보물 창고를 없앴다. 엄마가 보는 앞에서 파일을 하나하나 지웠고 구글 계정도 샅샅이 내보였다. 담담한 척했으나 신체 일부가 떨어져 나가는 기분이었다.

555 나나숲을 다시 해야 한다는 것도 싫었다. 물론 처음엔 자발적인 결정이었다. 긴 시간이 필요한 프로젝트라 대학 입시에 써먹기 좋을 것 같았다. 종합 전형은 동아리든 봉사 활동이든 같은 일을 꾸준히 하는 걸 중요하게 여긴다고 했으니 만능 키가 될 수 있을 것 같았다. 하지만 이런저런 사람들 끌어들여 놓고 멘토라 하는 게 이상한 데다가 함께하는 녀석들도 맘에 들지 않았다. 특히 기분 나빴던 민철이란 놈이 사진 찍는 걸로 발목을 잡자 진목은 엄마에게 공부에 방해된다며 그만두겠다고 했다. 시작할 때처럼 끝내기도 엄마가 처리해 줄 거라 생

각했다. 그런데 학생부장은 전학 조건으로 프로젝트를 계속해야 한다고 했다. 엄마가 그렇게 각서를 썼다 하니 따르지 않을 수 없었다.

청소년북돋음학교 부설 상담 센터.

현은 걸음을 멈추고 보일락 말락 붙어 있는 간판을 들여다보았다. 이제 익숙해질 법도 하련만 매번 그냥 지나치지 못했다. 그동안 자신은 얼마나 나아졌는지, 어떤 상담을 바라고 있는지 엉뚱한 생각들이 가지를 쳤다.

"현! 왜 안 들어가고 있어?"

갑자기 나타난 목소리에 현은 뒤를 돌아보았다. 얼굴 가득 웃음을 담은 호박벌이었다.

"뭘 그리 놀라나. ……현아, 갑자기 일이 잡혔어. 진목이 어머니가 오신다고 해서 말이야. 급한 일인가 봐. 네가 선약이긴 하지만, 가게에서 좀 기다려 줄래? 김밥 먹으면서 네 할 일 하고 있어. 미안해."

"……괜찮습니다."

"오래 걸리진 않을 거야."

현은 호박벌이 들어가는 걸 보고 가게로 걸음을 옮겼다. 문

76

득 진목도 함께 오는지 물어볼걸 싶었다. 여전히 말이 힘들었고, 말로 나와야 할 생각은 더뎠다.

현은 김밥은 물론 깍두기 국물까지 남김없이 먹은 다음 자리에서 일어났다. 빈 접시를 씻어야겠다 싶어 주방으로 들어갔는데 개수대에 그릇이 쌓여 있었다. 현은 아래위를 살펴 주방 세제를 찾은 다음 수돗물을 틀었다. 집에서도 자주 하는 일이니, 설거지라면 자신 있었다.

얇은 가벽 너머로 두런거리는 소리가 넘어왔다. 호박벌이 말한 손님이 온 모양인데 진목도 있는 것 같았다. 현은 수돗물을 잠그고 숨을 죽인 채 벽에 귀를 댔다.

"그냥 전학이요? 징계가 아니라 그냥 전학?"

호박벌의 목소리가 높고 날카로웠다. 잠시 침묵이 흐른 뒤 말이 들렸다. 이번에도 호박벌이었다.

"아, 미안해요. 나도 모르게 그만……. 도대체 어떻게 그게 가능합니까? 아, 잠깐만. 진목아, 심부름 하나 해 줄래? 저 아래 카페에 가서 커피 좀. 나는 따뜻한 아메리카노, 어머니는 뭐 드실래요?"

진목을 내보내려는 뜻 같았는데 서로 신용카드를 내미는지 잠시 어수선했다.

"자, 다시 얘기해 봅시다. 어찌 된 일인지. 그동안 알아 온 분과 너무 달라서……."

"부끄럽습니다. 저도 어쩔 수 없는 엄마여서…… 학생부장 제안을 덜컥 물었어요. 교권 침해로 신고하려면 시간이 좀 걸릴 테니 그 전에 전학을 보내라더라고요. 하루 병결하고 친가로 주민등록 옮기니 바로 처리가 되었어요."

"다른 선생님들이 가만있었어요?"

"제가 찾아가서 간곡하게 빌었어요. 제가 상담 교사랍시고 이곳저곳 강의도 나가는데 아들 하나 단속하지 못하냐는 비난받을 일이……."

"그렇게 덮어 버리면 나중에……."

"이제 제가 알았으니 앞으로는 그런 일 없을 겁니다. ……선생님, 저도 지금 너무 혼란스러워요. 모범생인 줄로만 알았던 애가 이렇게 등을 칠 줄 몰랐거든요. 아들 문제가 되니까 상담 공부도 전부 헛것이에요. 도저히 객관화가 안 되고……. 엄마란 존재가 이리 어리석을 줄 몰랐어요."

"그래도……."

"그 선생님 중 한 분이 555 나나숲을 잘 알고 계세요. 그래서 더 열심히 참여하는 걸 조건으로 용서해 주시기로 했어요."

"그래서…… 다급하게 오신 거예요? 아들하고도…… 얘기 된 거예요?"

호박벌의 음성이 조금씩 가라앉았다.

"예. 열심히 하기로 했습니다. 받아만 주신다면 아니, 꼭 받아 주셔야 해요. 선생님들과 약속했거든요."

"어머니 뜻은 잘 알겠습니다. 일단 진목이랑 얘기해 봐야겠어요. 제가 몇 회 상담한 다음 다른 멘토분들에게도 연결할게요. 큰 잘못이란 걸 진목도 알아야 하니까."

도촬이 맞았구나. 현은 숲체원에서 보았던 장면을 떠올리며 속말을 했다. 그래 놓고 민철에게 되레 큰소리쳤다니, 진목을 어떻게 생각하고 대해야 할지 모르겠다.

강제 전학이 아니라 그냥 전학이란 건 더 놀라웠다. 현은 수도꼭지를 한껏 돌려 놓고 우당탕 그릇을 씻었다. 요란하게 설거지하다 보면 어느새 마음이 가라앉곤 했는데 오늘은 더 부글거리기만 했다. 그냥 전학이라니…….

실패 면허증이 있잖아

10월로 접어들었으나 한낮은 여전히 더웠다. 버스에서 내린 현은 그늘로만 걸어 상담 센터에 도착했다. 문을 여니 텁텁한 기운만 끼칠 뿐 아무도 없었다. 습관처럼 오늘도 30분 일찍 도착했다.

가만히 앉아 있던 현은 문득 책장 쪽 벽에 걸린 다트판을 보았다. 현은 충무김밥 길이만 한 핀을 들어 던져 보았다. 그런데 점수판 가까이에 가지도 못한 채 바닥으로 떨어졌다. 세 개를 다 실패하자 현은 앞으로 몇 걸음 옮겨 다시 해 보았다. 몇 차례 시도 끝에 간신히 하나가 붙었다. 어릴 때 게임했던 기억을 되살려 현은 다트판을 정면으로 바라보며 핀을 잡은 엄지와

80

검지, 중지를 동시에 놓았다. 흔들리던 핀이 5점 싱글 점수 칸에 철커덕 붙었다. 아싸, 주먹 쥔 두 손을 흔들던 현은 다른 핀을 잡았다. 상체를 기울여 핀을 막 날렸을 때 문이 열렸다.

"오우, 자세 멋지다."

호박벌이 손뼉을 치며 가까이 왔다.

"바, 바닥에 떨어졌는데요."

"붙기도 하고 떨어지기도 하고 그런 거지, 뭐. 일찍 왔네. 앉아 봐."

자석 다트는, 심심할 때 하라며, 수달이 가져다 놓았다고 했다. 멘티들 만나 한판 붙을 거라고도 했다니 편짜기 게임만 궁리하나 싶었다. 농구도 그의 제안으로 시작해서 민철에게 잡혀 용쓰는 중이지 않은가.

한참 동안 할머니와 아빠 안부를 묻고 다른 멘토 이야기를 한 다음에야 호박벌이 상체를 곧추세웠다. 이제야 본격적인 용건으로 들어가려는 몸짓이라 현도 따라 긴장했다.

"우선 급한 이야기부터 할게. 네 집으로 온 게 언제였어?"

어떻게 알았는지 모르겠으나 민철을 두고 하는 말이었다. 민철이와 지낸 지 벌써 일주일이 지났다. 좁은 방을 큰 덩치와 나눠 쓰는 건 불편했지만 민철과 밥 먹고 농구하고 돌아다니는 게 나쁘지 않았다. 오히려 친구로 지냈던 예전으로 돌아간 것 같아 뿌듯하기도 했다.

"현이 너, 힘들지 않았어? 어쩔 수 없이 집에 들였다거나 뭔 협박을 받았다거나……."

호박벌이 조심스럽게 현을 살폈다. 현은 표 나게 숨을 들이마셨다가 다시 내뱉었다. 가슴이 두근거릴 때마다, 할 말이 있을 때마다 하라고 아까시가 일러 준 방법이었다. 경험에서 터득한 것이라니 신뢰가 갔고 따라 하게 되었다. 현은 크게 숨을 쉰 다음 전혀 아니라고 말했다. 그래도 호박벌이 경계를 풀지 않은 것 같아 민철이 어릴 적 친구였다는 말까지 해 버렸다. 밝히고 싶었고 민철이도 이제 화내지 않을 거라는 믿음도 있었다. 만약 민철이 종주먹을 댄다면 함께 맞고 다녔다는 건 말하지 않았다고 해야겠다.

"아, 둘이 그런 사이였구나. 어쩐지 네게는 부드럽게 대한다 싶었거든."

심호흡이 확실하게 도움이 되었다. 현은 궁금증을 마저 풀고 싶었다.

"그런데…… 우리 집에 있는 건 어떻게 아셨어요?"

"아버지가 연락하셨어. 가출인 거 같은데 민철이 집에서 왜

연락이 없냐고. 아, 다른 뜻이 있어서가 아니라 진심으로 걱정
하셨어."

오밤중에나 들어왔다가 내내 잠만 자면서 어떻게 알았을까,
아빠는 아무래도 신기한 존재다. 만나기 어렵고 잔소리도 없
는데 현이 어떻게 지내는지 알고 있는 것 같았다.

"어떤 길이 좋을지 우리도 궁리하고 있으니 불편하겠지만
함께 있어 줄래?"

"저는 괜찮아요. ······아니, 좋은 편이에요."

"그래, 친구였다니 나도 안심이다. 이제 네 이야기로 넘어갈
까. 지금 하는 일이 없다고? 전단지 일은 끝난 거야?"

"······잘렸어요. 길거리는 도저히 못 하겠고 남의 아파트 들
어갔다가 혼만 나고, 그래도 계속하려고 했는데 나오지 말라
고 해서······."

"얘 표정 봐라. 안 맞으면 그럴 수 있지. 너 잘못 아냐. 너의
단점이 시도하지 않는 거라 했잖아. 그동안 얼마나 애썼는지
알겠다."

"······실패만 한걸요. 수달이 알아봐 준 편의점은 면접 떨어
지고, 칼국수 가게 소개해 준다는 진목은 소식 없고."

"실패라니, 흐흐, 그럴 땐 모색 중이라 하는 거다. 자신에게

맞는 일을 찾아가는 과정. 그래서 말인데, 현아, 내가 하나 알아봐 주련?"

호박벌이 눈을 치켜뜨며 몸을 바짝 내밀었다.

"무…… 슨?"

"충무김밥 소풍! 어때? 지난번 테이블 정리며 설거지한 거보니 야무지더라. 우선 청소부터 시작하겠지만 혹시 아니? 나중에 비법도 전수해 줄지. 어때?"

"갑자기 왜, ……괜히 저 때문에."

"갑자기는 아니고 너 때문은 더더욱 아니야. 혼자 하려니 힘에 부쳐서 그래. 너도 봤겠지만, 밥솥이며 무김치 통 봐라. 내어깨가 남아나겠나. 센터 일로 가게 비울 때도 많은데 손님들 헛걸음하게 할 순 없잖아. 사람을 구하던 중이었어. 나도 참, 가까이 있는 널 몰라보고 말이야."

"음……."

"애 봐라, 지금 재고 있는 거야? 소풍에서 일하면 힘들까 아닐까……."

호박벌의 말에 현은 황급히 손사래를 쳤다.

"아, 아니에요. 그런 건."

"됐다. 그러면 계약서 쓰자. 동의서 넣어 다니라 했지? 꺼내 봐."

미리 작정하고 있었는지 호박벌은 서랍에서 서류를 꺼냈다. 아르바이트 근로계약서였는데 빈칸이 듬성듬성했다.

"사용자 ○○○은 이하 '갑'으로 칭하고 근로자 ○○○은 이하 '을'이라 칭하며……."

첫 줄을 읽은 다음 호박벌은 순서대로 유정해, 사공현을 적었다. 갑, 을이라는 단어가 미묘한 울림을 주었다. 호박벌은 현의 동의를 구하며 기간, 시간, 급여를 채워 나갔다. 11시부터 15시까지 하루 네 시간 동안 일하되 토, 일요일은 아침 6시부터 11시까지로 정했다. 단체 주문이 많아서라고 했다. 주말 급여는 최저시급의 150퍼센트를 준다고도 했다. 이런저런 내용 작성을 끝낸 호박벌이 서류를 건네자 현은 주소와 주민등록번호, 이름과 연락처를 쓴 다음 사인했다. 보호자 동의서까지 건넨 현은 생애 최초로 제 이름이 박힌 계약서를 받았다. 물끄러미 바라보자니 어떤 뭉클한 기운이 몸속을 훑고 지나갔다.

*

빛손 안마원.

민철은 간판을 확인하고도 문밖에서 서성거렸다. 호박벌 때문에 오긴 했으나 여전히 내키지 않았다. 맹인 노인을 만나서 무슨 이야기를 한단 말인가.

하릴없이 서 있다 보니 유리창에 붙은 홍보 글에 눈이 갔다. 첫 번째 칸에는 큰 글씨로 '당신의 건강을 위한 빛나는 손'이 적혀 있고 그 아래로 안마는 동양에서 발달한 보사 수기 요법으로 어쩌고저쩌고하는 작은 글씨가 있었다. 두 번째 칸엔 목·허리 디스크 통증 완화, 회전근개 관절 근육통 완화, 힐링 안마 등의 효과가 나열되고 마지막 칸엔 보건복지부 지정 안마 바우처 제공 기관이란 제목과 함께 안마 바우처 안내가 있었다. 나이가 많으면 안마와 지압 서비스도 정부가 지원해 주는 모양이었다.

돌아갈까 말까 하는 순간에 출입문이 열리고 문문이 나왔다. 뒤따라 나온 여자가 문문과 인사를 나누고 주차 차량 문을 열었다.

"정민철, 들어오지 않고 뭐해? 예약도 안 받고 기다리고 있는데."

"예? 나, 내가 보이세요?"

놀란 민철이 뒷걸음치면서 말했다.

"그래, 이 녀석아, 잘 보인다. 잔말 말고 들어와."

문문은 웃으며 안으로 들어가고 민철은 고개를 갸웃거리며 뒤따랐다. 들어서니 침대부터 보였다. 병원용 침대 세 개가 공간 대부분을 차지하고 있었고 입구엔 카운터와 신발장이, 왼쪽 벽면엔 수납장이 있었다. 안마사 자격증을 비롯하여 안마원 개설신고증명서, 사업자등록증 등이 진열되어 있었고 맹학교에서 받은 상패와 표창장도 있었다.

"내 자격증 닳겠다. 그만 보고 거기 침대에 누워."

헉, 뭐야. 민철은 홀린 듯 문문을 향해 돌아섰다.

"놀랄 거 없다. 덩어리 정도는 짐작되거든. 그다음은 추리하는 거고. 좀 전엔 손님이 덩치 큰 총각이 안을 들여다보고 있다 해서 너인 줄 알았다. 이 없으면 잇몸으로 산다는 말이 괜히 있는 게 아니다."

민철은 얼떨떨한 상태로 침대에 엉덩이를 걸쳤다.

"귓구멍이 고장 났나. 누우라고 했는데. 아니다, 옷부터 갈아입어."

"왜, 왜요?"

문문은 대답 대신 뒤쪽 서랍에서 꺼낸 옷을 민철에게 던졌다. 엉겁결에 받고 보니 감색 면 티와 반바지였다.

"안마원 왔으니 안마받아야지. 기본 아냐?"

"내가 안마를요? 안 할 건데요. ……돈도 없고."

"돈 없으면 몸으로 때워. 먼지가 쌓였고 빨랫거리도 쌓였을걸."

"와아, 넌 뻔뻔하다."

"아이, 이 새끼, 말 많다. 잔말 말고 시키는 대로 해. 실시!"

문문은 초점 없는 눈을 부라리며 짜증스럽게 말했다. 내가 새끼면 당신은 영감탱이다. 평소 같으면 바로 튀어나왔을 말이 오늘은 어쩐지 입 안에 머물렀다. 무엇에 홀린 듯 문문이 시키는 대로 옷을 갈아입고 침대에 눕기까지 했다.

침대 옆 보조 의자에 앉은 문문이 시작하겠다는 말과 함께 옆구리를 바닥에 붙이고 왼쪽을 보라고 했다. 민철은 문문의 손이 이끄는 대로 모로 누웠는데 몸이 침대 끝에 닿은 것 같았다. 문문의 손길이 민철의 목덜미, 어깨, 팔, 다리까지 죽 훑어 내렸다. 손아귀 힘이 장난 아니었다. 누르는 데마다 전기가 통하는 것 같았다. 손이 닿을 때마다 살이 오그라들었고 아, 아야…… 불명확한 말이 튀어나왔다. 돌아눕고…… 천장 보고…… 엎드리고…… 민철은 문문이 지시할 때마다 바로바로 움직였다.

88

점점 기분이 이상해졌다. 먼 곳에서 누가 부르는 것처럼 아득해지고 잠들 것 같았다. 어릴 때 목욕탕에서 몸을 씻겨 주던 아빠가 생각나기도 했다.

"어이쿠, 어린 녀석 어깨가 왜 이렇게 굳었어? 얼마나 긴장해 살았으면……."

그 순간 민철의 몸 안에서 더운 기운이 훅 올라왔다. 얼굴이 붉어지고 콧등이 시큰하더니 갑자기 눈물이 났다. 낯선 생리 현상에 당황하여 속으로 삼키려 했지만, 낯설디낯선 그것은 기어이 쏟아지고 말았다. 제기랄, 한번 터진 울음은 이제 엉엉 소리까지 보태져 흐르고 흘렀다.

한참 지나 민철은 손님용 소파에 앉았다. 문문이 빗나간 허공에 물잔을 내밀었다. 제대로 볼 수 없다는 게 이런 것이구나 생각하며 민철이 물잔을 당겨 받았다. 문문은 언제부터 앞을 보지 못했을까, 눈 대신 '손이 빛나는 사람'이 되었을까 궁금했다. 하지만 지금은 자신의 이야기가 먼저였다.

"어릴 때 아빠가 일찍 퇴근하길, 엄마가 씨바, 죽어 버리길 기도했어요. 완전 또라이, 잘해 주다가도 수틀리면 욕하고 때리고……. 무서워서 잘 보이려고 했는데, 씨바, 어느 지점에서 화를 내는지 모르겠더라고요. 어제 괜찮았던 일이 오늘은 벼락 맞으니 종잡을 수가 있어야지……. 조그마한 놈이, 내가 중1 때까지 완전 작았거든요, 불쌍하지도 않았을까. 시발, 완전 눈깔 뒤집혀서는 내 목을 조르며 같이 죽자 하지 않나, 밥은 안 주고 종일 골방에 처넣고. 아, 여태 이런 얘기 한 번도 안 했는데……. 집에서는 엄마에게 처맞고 밖에서는 중딩들에게 당하고 학교에서는 공부 못해 야단맞고. 좆까, 흐, 그때부터 완전 실패한 인생, ……잘해 보려고도 했어요. 이사하고 전학도 갔는데 얼마 못 가서 또 쌍욕하고 때리고……. 아빠란 인간도 참으라고만 하고, 지가 더 괴롭다고만 하고……."

민철은 잠시 말을 끊었다. 물을 마셨지만 목마름이 가시지 않았다. 문문은 가만히 앉아 있었다. 제대로 볼 수 없는데 왜 눈은 감고 있는지 모를 노릇이었다. 더 알 수 없는 일은 자신이 지금 어릴 적 이야기를 하고 있다는 것이다.

"중2 때 시발, 진짜 난 옆에만 있었거든요. 와아, 근데 집단 폭행이라고…… 부모도 안 믿어 주더라고요. 자식이 학폭 가해자라니 부끄럽다고 하는데, 하, 그게, 그게, 가정 폭력 가해자가 할 말이냐고요. 정말 또라이. ……내가 어쨌는지 아세요? 좋다, 그러면 진짜 학폭 가해자가 되어 주마. 그때 이미 덩치도 한몫했거든요. 씨바, 성질부리니까 꼼짝 못 하는 놈도 생기고, ……소리 지르고 주먹을 휘두르고 나면 속이 시원해지더라고요. ……학교 빼먹고 집에 안 들어가고, 그때부턴 부모도 날 못 건드렸어요. 왜? 나도 배운 대로 하니까. 시발, 몇 번 깽판 치니까 되던데 어릴 땐 왜 그리 무서웠는지……. 하루는 담임 전화를 받았나 아니었나, 아무튼 잘 모르겠는데, 같이 병원에 가자더니, 참내, 분노조절장애라데요. 행동장애도 있다나 뭐라나 하면서 약을 한 보따리 안기는데……."

실컷 울었다고 생각했는데 또 눈물이 흘렀다. 문문이 보지 못해 다행이다 여기면서 민철은 마른세수하듯 눈물을 닦았다.

한참 동안 가만히 앉았던 문문이 입을 열었다.

"어미, 아비가 아니라 못돼 먹은 연놈들일세."

문문이 내뱉는 단어 하나하나가 민철의 온몸에 꽂혔다. 안마받을 때처럼 저릿저릿했다. 화살촉에 걸어 부모란 인간에게 날리고 싶었다.

"시바, 내가 만들었으니 내 맘대로 한다? 에라이, 장난감도 그런 취급은 안 한다. 좆까, 죽고 싶으면 혼자 죽지 새끼는 왜 끌어들이고, 씨바, 씨발……. 야, 씨발씨발하니까 그 뭐냐, 라임이 살아 있네."

"아이 씨, 뭐예요?"

이어지는 문문의 말에 민철이 발끈했다.

"흐흐, 놀리는 건 아니니 오해 마라. 네가 하도 찰지게 얘기
해서 따라 해 봤다. 정민철, 그동안 산다고 고생했다. ……그렇
다고 네 녀석이 잘했다는 건 아냐. 나쁜 걸 엇나가는 걸로 받아
치면 그게 악순환인 게다."

"뭐, 그렇죠……. 사실 마음잡고 공부하려고 했어요. 중1 겨
울에요. 운동도 재밌었고……. 엄마가 때리지 않으니까, 아니
못 때리니까 살 거 같아서요. 그러니까 그 뭣이냐, 미래라는 걸
생각하게 되더라고요. 근데 씨바, 이미 구제 불능이더란 말입
니다. 전염병 환자도 아닌데 날, 이 정민철을 다 피해요. 씨발,
애들은 물론 담임에 부모라는 인간까지, 나만 끼었다 하면 다
학폭이고……. 이생망이에요."

"이생망? 그게 뭐냐?"

"이번 생은 망했다고요. 구제 불능, 실패한 인생."

"어린놈이 별소릴 다 한다. 아니다, 이럴 게 아니라……."

문문이 스마트폰을 꺼내더니 수달 전화번호를 찾으라고 했
다. 민철이 통화 버튼까지 눌러 전하자 문문이 인사말을 거쳐
용건을 말했다. 그 면허증을 찍어 민철에게 보내라고 했다. 그

게 뭐냐고 묻기도 전에 수달에게 메시지와 함께 사진이 왔다. 학생증 크기만 한데 '실패 면허증'이라 적혀 있었고 수달로 짐작되는 사진과 이름이 적혀 있었다.

"인마, 어리니까 실패하는 거야. 내 나이쯤 되면 실패 없어. 왜? 시도하는 게 없으니까. 그러니까 실패도 특권이야. 그러니 면허증도 있는 거다. ……하쿠도 지금 입사 서류 넣는 곳마다 떨어지고 있대. 너만큼 다들 실패하고 있다고."

민철은 문문과 실패 면허증을 번갈아 보았다. 분명 궤변인데, 이상하게 문문의 말에 빨려 들어가고 있었다.

"그래서 이번에도 또 실패했다고 여기면서 집 나온 거야?"

뭐야, 이 영감탱이. 모르는 게 없단 말이야. 민철의 말이 거칠고 빨라졌다.

"아, 그래서 날 여기로 오라 한 거예요? 씨바, 현이 그 새끼가 꼰질렀어요?"

"또, 또 목소리 올라간다. 왜 그리 급한가. ……사공현이 어디 그런 말 할 위인이나 되나. 아, 근데 이거 섭섭하다. 내가 아는 게 이렇게 열 낼 일인가. 명색이 네 멘토인데."

"그, 그건 아니고……."

"그럼 됐다. 이제 산책하면서 이야기할까. 네 얼굴이 조금 보이는 거 보니 해질녘이다."

"예? 보여요? 무슨……."

"낮엔 아무것도 안 보이는데 어스름해지면 윤곽이 좀 드러나거든. 낮과 밤 사이, 딱 이때 조금이나마 살 만하다. 황반변성이 거의 그래."

안마원 밖을 나가자 민철은 당황했다. 흰 지팡이를 펼치는 문문을 두고 혼자 걸음을 내디딜 수 없기 때문이다. 급한 대로 팔짱을 끼자 문문이 말했다.

"아냐, 팔만 빌려줘. 힘줄 필요도 없고. 앞으로도 이렇게."

문문이 민철의 팔을 꿰었고 민철은 천천히 걸었다. 온 신경이 왼팔로 쏠리는 민철과 달리 문문은 잘 걸었고, 도움이 필요한 상황인데도 당당했다. 강변 산책로를 지나는 사람들이 힐끔힐끔 쳐다보았다. 할아버지를 모시고 나온 손자쯤으로 보이는지, 애정 어린 눈길을 보내는 사람도 있었고 쯧쯧거리며 지나가기도 했다.

어쩔 수 없이 나란히, 더할 수 없이 다정하게 두 사람은 식당에 들어갔다. 단골손님이라도 되는지 종업원이 반겼다. 사모님은 어디 두고 오셨냐는 주인의 말에 병구완하러 갔다고 말했다. 장모님이 아흔다섯 살이라는 말도 덧붙이며 문문이 자리에 앉았다. 곧 밑반찬과 함께 돼지두루치기 일품요리가 차려졌다.

문문과 함께 먹는 밥은 손이 바빴다. 수저 놓는 건 기본, 문문이 말하는 대로 반찬을 숟가락에 올리거나 일일이 앞접시에 가져다주어야 했다. 문문의 잔이 빌 때마다 막걸리도 따랐다. 민철은 마시라는 말을 듣기도 전에 한 잔 마셔 버렸다.

"아, 술맛 좋다. 정민철 너, 합격이다."

주인과 시시껄렁한 농담을 주고받던 문문이 갑자기 민철을 향해 말했다. 이건 또 무슨 귀신 씻나락 까먹는 소리인가, 문문과 있으니 뭐가 뭔지 모르게 말려들어 가는 것 같았다.

"좀 전에 들었지? 나도 딱하지만 장모가 더 딱해 집사람, 친정 보냈거든. 그러니 너, 안마원에서 일 좀 해라."

"갑자기 일은 무슨, ⋯⋯지금 내 약점 잡았다 이거예요?"

"약점은 무슨, 안마 한번 해 주면서 살살 꾀려고 했어, 인마. ⋯⋯월급은 기본, 숙식 제공도 한다. 가게 2층이 우리 집이거든. 뭐, 침대 있으니까 안마원에서 자도 되고. 부모님, 아니 네 표현대로, 부모라는 인간에게도 찍소리 못 하게 통보할게. 어때? 이쯤 되면 구미가 당길걸."

"어, 어떤 일을 해야 하는데요?"

"지금 이런 일, 내 도우미지. 공식적으로 나오는 활동 보조원
은 하루 네 시간만 일하거든. 안마원 청소하고 빨래는 보조원
이 하니까 너는 손님 안내하고 돈 받고 나 따라다니고……."

"못, 못하면 어떡해요?"

"아따, 어린놈이 말도 많다. 우리가 실패 면허증 발급해 줄
텐데 뭐가 걱정이야?"

나비 포옹도 좋지만

"미안, 오래 기다렸지? 인계하느라고……."

수달이 먹을거리를 편의점 밖 테이블 위에 놓으며 말했다. 하쿠는 점퍼를 벗는 중이었다. 밤공기가 후텁지근했다.

"아, 아니에요. 근데 인수인계는 근무 시간에서 빠지는가 봐요. 벌써 10시 25분."

"그렇지, 뭐. 그런 거 따지기 시작하면 일하기 힘들어. 흐흐, 너야 이제 대기업에 합격했으니 이런 식의 불합리는 없겠다. 하쿠, 축하해. 정말 잘됐어."

"고마워요. 수달 형. 부모님 눈치가 보여 연휴도 즐겁지 않더라고요. 차라리 학교가 편했는데 오후에 담임 쌤이 합격이라는 거예요. 끝까지 기다린 보람이 있구나, 모양 빠지게 눈물이 핑……."

그랬다. 겉으로는 느긋한 척했지만 매일 불안하고 초조했다.

"모양 빠지긴, 엉엉 울어도 되지. 청운은 하쿠 원픽 기업이었 잖아."

"그럼요."

"이제 그토록 좋아하던 게임 만들 수 있겠다. 신입 프로그래 머님!"

"아이참, 놀리시긴. 아직 멀었어요. 부서가 중요한데 신입 사 원 연수 후에 결정되는가 봐요."

"벌써 입사? 졸업도 안 했는데?"

"현장 실습 제도가 있으니까요. 12월 1일부터 근무예요."

"두 달도 안 남았네. ……축하를 이렇게 해서 미안하다. 저녁 은 먹었지?"

"그럼요. 부모님과 축하 파티했어요. ……아, 아직도 흥분 중. 학교에 못 있겠더라고요. 사감 쌤께 외출 허락받고 나왔어 요. 집에서 자고 내일 등교하면 돼요."

수달이 하쿠 앞으로 음료와 과자를 밀고 자신은 500밀리 필 라이트 캔을 땄다. 필라이트나 필굿은 맥아 함량이 낮아 맥주 아닌 기타 주류로 분류된다고 수달이 말한 적이 있다. 원료와 주류세가 싸서 가격이 맥주 절반도 안 되지만 맛은 제법이라고도 했다. 하쿠는 항상 맛보다 가격을 먼저 생각해야 하는 수달의 처지가 새삼스러웠고 먹고 마시거나 옷과 신발을 살 때 돈 걱정 없도록 해 준 부모님께 감사했다. 당연하다고 생각했던 많은 것들이 가족이라는 테두리가 있어 가능했다는 것도 알았다. 수달 덕분이었다. 하쿠 같았으면 한 가지 상황도 견디기 어려웠을 텐데 도대체 수달은 어떻게 이겨 내고 있는지 알고 싶었다. 타고난 심성인지 부단한 노력인지 모르지만 배우고 싶었다.

555 나나숲 멘토단으로 만난 만큼 하쿠와 수달의 이야기는 자연스럽게 그쪽으로 흘렀다.

"난 진목이 힘들더라. 잘난 척만 하는 줄 알았는데, ……도촬 그거 범죄잖아, 고쳐질까?"

"더 큰 문제는 징계 피해서 전학 가 버렸다는 거요. 순둥이 현도 한마디 하던걸요."

"흐흐, 현은 많이 좋아졌지? 첨엔 투명인간 같더니 이젠 제법이야."

"예. 표정이 밝아지고 얘기도 덜 버벅거리고."

프로젝트의 힘을 실감이라도 하듯, 하쿠는 저 혼자 고개를 끄덕였다.

"어른 멘토들이 잘 잡아 주셨겠지만, 우리 농구도 한몫했다고 본다."

"맞아요. 저는 민철이가 버거웠거든요. 다른 애들에겐 덩치라도 먹혔을 텐데 걔는 영……. 처음에 한판 붙은 얘기는 했었지요? 기부터 죽이려 했는데 조금도 안 밀리더라고요."

"난 안됐더라. 내가 곧 민철이었잖아. 10대 시절, 나도 그렇게 험하게 살았거든. ……하쿠에게 기를 쓰고 농구 이기려 드는 거, 귀엽지 않아? 아, 운동 머리도 있더라. 현이 농구 시키는 거 보면 꽤 참을성도 있고. 현은 진짜 운동 신경이 없잖아."

"형의 농구 아이디어, 상 줘야 해요. 우리랑 민철이 가까워지기도 했지만, 농구 하면서 민철이 스스로 좋아진 거 같아요. 현도 그렇고."

"진목을 끌어들여야 하는데 이 녀석이 살살 피하기만 하니……."

"민철이랑 사이가 안 좋아요. 당분간은 따로 만나야 할 거 같아요. 애니메이션 얘기가 제법 통했으니 우선, 제가 만나 볼게요."

　화장실 다녀온다던 하쿠가 맥주 몇 캔을 테이블에 올렸다. 하쿠는 합격 턱이다, 주민등록증 검사도 안 하니 이 편의점 안 되겠다, 저 알바는 잘라야겠다고 두서없이 말했다. 수달이 불편해할까 떠는 너스레였다.

　"내 친구인 줄 알았나 봐."

　수달의 말에 하쿠가 고개를 끄덕이며 맥주 캔을 내밀었다.

　"저도 한 잔만 마시……."

　"안 돼. 나도 저 친구도 알바 잘리면 당장 굶어야 해. 네가 몇 달 참아 주라."

　하쿠가 두말없이 콜라를 들며 말했다.

　"편의점 일은 할 만해요? 야간수당이 매력이긴 하겠어요."

　"야간수당? 5인 미만 사업장이라 편의점은 그런 거 없어."

　"전국에 이 매장이 얼마나 많은데 5인 미만이라니요?"

　"직영점이라면 야간수당, 연장·휴일수당, 연차수당 다 줘야겠지만 거의 가맹점이야. 본사 아닌 점주가 고용한다는 뜻이지. 야, 기업이란 게 얼마나 무서운 줄 알아? 하루하루 매출액 전부를 본사에 송금하게 되어 있단 말이야. 그런데 받는 건

다음 달에 한꺼번에 정산해. 대략 매출 총액의 30퍼센트 정도를 가져가는데 그나마 점주가 시설과 인테리어를 했을 때고 본사 부담일 때는 55퍼센트까지 올라가기도 해. 더 무서운 건 그 계산을 인건비, 임대료, 전기세 정산 이전에 한다는 거야."

"와, 무슨 그런 게. 우리 아빠도 회사 퇴직하면 편의점 차리고 싶어 하는데……."

"알바 쓰면 남는 게 없고 점주가 일하면 몸 버리기 딱 좋을 걸."

"하 참, 밖에서 보는 것과 다르네요."

"그뿐인가? 시재가 안 맞으면……."

"시재? 그게 뭐예요?"

"현재 현금출납기에 있는 돈. 계산이 안 맞잖아? 그러면 본사 보내기 전에 채워 넣어야 해. 미칠 지경이지만 관행이 그래. 미스터리 쇼퍼라는 것도 있어. 손님으로 가장해 매장 돌면서 직원 서비스 체크하는 사람들 말이야."

"그런데 왜 해요?"

"허, 이 친구 보소. 일해야 먹고살지. 다행히 우리 사장님은 괜찮아. 잔소리 크게 없지, 제때 월급 주지, 폐기 도시락 인심도 좋아. 어차피 폐기해야 하는데 온갖 생색 다 내는 점주들도 많거든. 거지 취급이 따로 없다니까."

"차라리 맥도날드가 낫지 않아요? 직원 구한다는 벽보 봤어요."

"거기도 일해 봤는데 다를 거 하나 없어. 여긴 도시락 종류라도 다양하지 거긴 내내 햄버거만, 그것도 기본만 먹어야 해. 일하는 건 또 어떻고? 완전 돌아가는 컨베이어 벨트 앞에 선 로봇이야. 몇 초라도 늦으면 벌점이고 유니폼도 내 돈으로 샀다. 여자들은 치마에 머리 망까지 개인이 준비하는데 화장하라는 조항도 있어."

"알바하는 친구들도 있는데 그런 사정은 통 몰랐어요. 그동안 넘 편하게 살았나 봐요."

"부모 없이 보육원에서 자란 나 같은 사람을 자립준비청년이라 불러. 사회가 보호를 종료한다는 거지. 그럼 어쩌냐? 18세부터 자기 밥벌이해야지. 이런 일 안 할 수 있으면 좋지만, 우리에겐 알바가 아니라 생업이야. ……아, 그렇게 심각한 얼굴 할 필요는 없어. 세상의 어떤 일도 100퍼센트 좋고 100퍼센트 나쁜 건 없다더라. 일도 그래. 먹고살기 위해서이기도 하지만 어엿한 사회 구성원으로 진입하는 거잖아. 새로운 경험을 쌓는 일이고 그만큼 세상을 넓혀 가는 과정인 거."

"에이 그런 건 학교에서 하는 얘기고요. 일은 신성하다. 노동조합은 안 된다······ 이런 것처럼."

하쿠는 직업교육 수업이 싫었다. 다른 친구들도 마찬가지였다. 유럽엔 일반 기업은 물론 공무원, 경찰, 판사, 변호사도 노조가 있다는데 학교는 노동법규니, 권리니 하는 주제를 피하고 싶어 했다. 그러니 노동인권 교육은 유튜버를 통해 받고 수업 시간엔 듣는 둥 마는 둥, 아예 자는 애들도 있었다. 하쿠는 지하철 노조 파업 당시 파리 시민의 인터뷰가 특히 인상적이었다. 그는 출퇴근이 불편해도 그 사람들도 파업할 이유가 있고 그들의 권리를 존중하기에 불편을 감수한다, 지금 내가 불편하다고 불만을 늘어놓으면 나중에 내가 파업할 때 누가 내 권리를 이해해 주겠냐고 했다. 우리나라의 분위기와 한참 달랐다.

역시, 하쿠가 비틀었더니 수달이 바로 반응했다.

"그렇지. 노동자란 말도 안 쓰잖아. 근로자? 웃기는 얘기, 편의점 노동자만 하더라도 20만이 넘는다는데 편돌이, 편순이라며 깔보기만 하고. 나는 열심히 돈 벌어 캐나다 갈 거거든. 너처럼 멋진 옷도 사 입을 거고. 근데 사람들은 뭐라 하는지 알아? 알바가 무슨 해외여행이냐 그래. 능력과 자격이 없으니 욕

망도 통제하라는 거야. 알바 노동자는 국민도 아니고 인간도 아닌 거지. 계약직이란 말도 웃기는 소리야. 정규직도 계약인데 우리는 비정규직에만 그 말을 쓰잖아. 왜? 비정상적이고 이상한 계약서를 썼다는 거 아니겠어? 하쿠, 청운도 노조 있지? 수습 딱지 떼고 대체복무도 끝나면 무조건 가입해야 해. 너를 지켜줄 힘이니까.”

“거의 우리 이모같이 말하네요. 마이스터 입학할 때부터 들었던 얘기.”

“아, 이모……”

“예. 아까시!”

“그, 양손을 반대편 어깨에 올리고 있던?”

“그게 나비 포옹이에요. 나도 어릴 때부터 이모 따라 많이 했어요. 이렇게 양손을 번갈아 가며 토닥토닥, 토닥토닥.”

하쿠가 나비 포옹을 해 보였다. 주위에 아무도 없다고 느낄 때, 세상이 싫고 사는 게 힘들 때 효과 있는 셀프 위안, 셀프 안정 방법이었다. 수달이 웃으며 말했다.

“덩치는 코끼리인데 나비 포옹이라니, 너, 은근 귀엽다. …… 근데 아까시는 왜 힘들어? 굉장히 씩씩하고 쾌활하시던데.”

“어디 겉으로 봐서 알 수 있나요? 나도 잘은 모르는데, 젊은 시절에 몹쓸 일을 당했나 봐요. 우리 엄마 얘기로는 마음공부 많이 하고 종교도 가져 봤지만, 쉽지 않대요. 요즘은 새벽마다 뒷산 꼭대기까지 휭하니 다녀온다는데 엄마는 그것도 싫어해요. 제 살 갉아먹는 것 같다고요."

"그리 힘들면 나는 무슨 희망으로 살아야 하지? 학교 졸업하고 직장 잡으면 내 인생도 피지 않을까 꿈꾸는데."

"글쎄요. 이렇게 나비 포옹하며 견뎌야 할까요?"

"셀프 위안이라며? 그렇다면 난 그동안 그거 너무 많이 했다. 나 사랑하기, 나와 친구 하기, 나에게 친절하기……. 그런데 나비 포옹하는 사회, 나 스스로 하고 남이 안아 주는 것으로 착각하는 거, 그거 너무 슬픈 거 아냐?"

지금이라면 괜찮은 타이밍일 것 같았다. 하쿠는 진지한 표정으로 수달에게 물었다.

"형은 그 어렵고 힘든 상황들을 어떻게 이겨냈어요?"

"나? 거리에서 방황할 때 호박벌 쌤 만난 얘기는 했지?"

"예. 호박벌이 학교밖지원센터 연결해 줘서 검정고시 치고 대학도 갈 수 있었다고……."

"기억력 좋네. 뭐 그런 얘기지. 아, 하나 더 말한다면 책을 많이 읽었어. 아주 어릴 때 기억이지만, 아빠가 엄마를 질질 끌며

펠 때나 삼촌 집에서 구박받을 때 책을 봤지. 지금 생각하면 피난처인데 그땐 그것밖에 할 게 없었어. 책이야 도서관에서 공짜로 빌릴 수 있으니까. ……특히 위인전을 좋아했어. 위인들이 어릴 땐 고난투성인 게 위안이 되더라고. 나도 지금은 어렵지만 나중엔 잘될 거라 최면 걸기 좋고. 독서도 습관인지 나중엔 문학이나 사회과학, 심리학 관련 책도 읽게 되더라. 90-10 법칙이라는 말 들어 봤어? 사람이 역경을 느끼는 건 마주하는 순간의 반응이 90을 차지한대. 사건 자체의 영향력은 10이고. ……외상 후 성장, 어떤 유형의 삶이든 우리에게 뭔가를 가져다준다 기타 등등, 이런 말들도 많이 외웠어."

"형도 위인이 될 거예요."

"흐흐, 위인. 물정 모르는 소리. 나 같은 사람은 앞가림만 해도 다행이지. 그마저도 내가 나를 끊임없이 착취해야 가능한 거고. 내가 더 노력해야 해, 내가 잘못해서 안 되나, 내가 게을러서 그럴 거야……. 이러면서 여태까지 살았고 앞으로도 비슷할 거라 본다. 커닝보다 선행학습을 더 부도덕하게 보는 나라도 있다는데, 우리나라 부모는 합법, 비합법 가리지 않고 자식 뒷바라지를 하잖아. 무엇이든 경쟁하는 사회인데 내 출발선은 한참 늦으니 이길 재간이 없지."

"너무 그러지 마요. 마음이 더 힘들잖아요."

"말하자면 그렇다는 거고. 뭐, 그래도 괜찮아. 나는 좋은 어른이 될 거라 믿고 있으니까. ……어쨌든 나비 포옹을 안 해도 되는 세상이면 좋겠어. 위인이 나오고 성공 사례가 나올 수 있어야 건강한 사회 아니냐?"

밤이 깊어 가자 편의점 앞은 더욱 환해 보였다. 편의점을 찾는 사람은 어려졌다. 학원이나 독서실에서 나온 학생들이 몇몇씩 어울려 컵라면을 먹고 오토바이 한 대에 세 명이 내리기도 했다. 미친놈, 쫄보, 좆나 스릴 있네……. 때리고 밀치며 안으로 들어가는 그들을 물끄러미 바라보던 수달이 말했다.

"내가 저러고 다니다가 호박벌을 만났어. 계속 따라다니면서 이 말 저 말 붙이는데 내가 엄청 짜증 냈지. 전공 공부해 보니 그런 걸 '거리상담 아웃리치'라 하더라. 앗, 하쿠, 12시 다 됐다. 일어나자. 10분 뒤에 막차 타야 해."

"우리 아빠 차 오기로 했어요. 함께 가요."

"뭐 하러 그런 신세를, 난 버스가 편하다."

"우리 아빠 함 만나 줘요. 형 보고 싶어 해요. 예?"

하쿠가 머리 위로 두 손을 올려 하트를 그려 보였다. 덩치에 맞지 않은 귀여움에 수달은 웃고 말았다. 그사이 하쿠는 아빠에게 메시지를 보냈다.

"넌 부모님께 온갖 얘기를 다 하는가 보다. ……부럽다."

어디선가 불어온 차가운 밤바람이 수달의 말을 삼켰다. 두 사람은 옷깃을 세우며 자리에서 일어났다.

*

현이 걸음을 멈추고 뒤를 돌아보았다. 아무리 천천히 걸어도 할머니는 계속 처졌다. 다리 때문인지 허리 때문인지 걸음걸이가 삐딱해 보였다. 가까이 다가온 할머니가 쌕쌕거리며 말했다.

"우리 손자, 등판이 우람하다. 뒤에서 보니 빛이 난다야."

"할머니, 창피하게 왜 그래요? 지나가는 사람들이 웃겠어."

우람할 리 없고 빛날 리는 더욱 없겠지만 키는 제법 자랐다. 교복 바지가 긴 채로 입고 다녔는데 이제 발목이 보였고 소맷단도 손목에 맞게 되었다.

"계속 걸을 수 있겠어요? 폰으로 주문하는 시대라니까 꼭 가자고…….'

"암만, 내 눈으로 봐야지. 그리고 하나도 힘들지 않다. 손자가 옷 사 준다는데 백 리, 천 리도 걸을 수 있다."

"내복이 무슨 옷이라고? 외출복 사 드린다니까……."

현은 며칠 전에 생애 첫 월급을 받았다. 107만 원이 찍힌 통장을 할머니에게 가장 먼저 보였다. 할머니는 통장을 쓰다듬고 입금자 '충무김밥 소풍'을 몇 번이나 소리 내 읽었다. 눈시울까지 붉히는 바람에 현이 돈 벌지 말라더니 엄청 좋아한다고 능쳐야 할 정도였다. 선물을 하겠다고 하니 할머니는 무조건 빨간 내복이었다. 촌티 난다고 해도, 더 좋은 걸로 사 주겠다 해도 요지부동이었다. 게다가 시장 단골 가게로 가야 한다고 하니 할 수 없이 현이 따라나선 것이다.

할머니 고집이 그렇게 센 줄 몰랐다. 아빠 내복을 사라는 건 수긍했다. 요즘 잘나간다는 물건이라며 가게 주인이 권하는 대로 정하니 간단히 끝났다. 엄마 내복도, 그것도 빨간 것으로 사라는 건 내키지 않았다. 택배로 보낸다 하더라도 느닷없는 선물을 받은 엄마가 온갖 걸 다 물어볼 게 싫었다. 내신 성적 관리도 모자랄 판에 웬 알바냐고 야단일 텐데 555 나나숲을 제대로 설명하지 못할 것 같았다. 티격태격하다가 다음 명절에 가져가는 걸로, 색깔은 연분홍 계열로 간신히 타협했다. 할머니는 주인의 중재에 그러라고 해 놓고도 빨간색을 손에 쥔 채 못내 아쉬워했다.

자신의 내복을 정할 때 할머니는 더 싼 거, 더 싼 걸 내놓으라고 거듭 말했다. 모양이 예쁘다느니, 색이 젤 곱다느니 하면서 그걸 사겠다는데 그 속이 훤히 보였다. 현이 비싼 게 좋다고 계속 말하자 죽을 때가 낼모렌데 비싼 게 무슨 소용이냐고 했다. 그 순간 현은 자기도 모르게 버럭 소리를 질렀다. 손님들이 힐끔거리는 것 같았으나 더 참을 수 없었다. 할머니가 찔끔 놀라며 한 걸음 물러서는가 했지만 결국 두 번째 저렴한 것으로 선택하게 되었다.

현은 속상한 마음을 숨기고 싶지 않아 툴툴거리며 계산하고 밖으로 나왔다. 한참을 기다렸는데도 할머니가 나오지 않았다. 속상한 마음이 가시지 않았지만 할머니가 걱정되었다. 늘해 왔던 나쁜 생각이 다시 들었다. 갑자기 발을 삐끗했거나 정신을 잃고 쓰러질 수도 있었다. 현은 가게 가까이 가서 안을 기웃거렸다. 할머니는 가게 주인과 이야기를 나누고 있었다. 뭐가 좋은지 온 얼굴이 미소 주름이었다. 다행히 나쁜 생각이 현실이 되지는 않았다. 현은 가슴을 쓸어내렸다.

주인의 문밖 배웅을 받으며 할머니가 나왔다. 멀찌감치 서있던 현은 못 본 척했다.

"우리 손자, 네 맘대로 못해 속상했나. 오늘 보니 네 고집도 엔간하다."

"그건 뭐? 내가 산다는 건 거절하면서 숨어서 사신 거예요?"

머쓱해진 현은 대꾸 대신 할머니 손에 든 물건을 가리키며 말했다.

다음 날 현이 종이가방을 내밀자 호박벌이 반색하며 물었다.

"뭐지? 설마 현이 주는 선물?"

"제, 제가 아니고 할머니가……."

"할머니께서? 왜?"

호박벌이 깜짝 놀라며 물건을 꺼냈다.

"감사…… 하다고요."

"감사할 일은 없지만, 감사하다면 네가 해야지, 할머니께서 왜?"

"그, 그러게요. ……감사합니다."

호박벌이 웃고 현도 머쓱한 웃음을 지었다.

"근데 너 할머니와 얘기할 때는 청산유수더라. 버벅거리는 거 하나도 없던데?"

현은 호박벌 말을 금방 알아듣지 못했다. 그러니까 어제 속

옷 가게에 호박벌이 있기라도 했단 말인가. 놀랍게도 그랬다고 했다. 지나가다가 우연히 현을 보고 따라 들어갔다고 했다. 호박벌은 놀래 주려 했다가 막힘없이 말하는 현이 신기해서 지켜봤다고 했다. 호박벌은 현이 발갛게 달아오른 얼굴로 할머니와 언쟁하는 모습이 재밌었다고 했다. 현은 가슴이 철렁거리는데 원래 싸움 구경이 젤 재밌다는 말도 덧붙였다.

"할머니가 따로 계산하시는 것도 봤어. 귀한 분에게 드릴 거니 예쁘게 포장하라 하셨는데…… 그게 내 선물이었다니……. 현아, 나 지금 귀한 사람인 거야?"

아무래도 호박벌의 흥분이 과하다. 좁은 공간에서 함께 일하다 보니 몰랐던 모습들도 알게 되었는데 호박벌은 감정의 변화 폭이 컸다. 늘 웃는 낯이고 명랑하게 대하지만 어떨 때는 노력하는 쾌활이었다. 가까이 있으니 그게 보였다. 안 먹거나 끊임없이 먹거나 두통이 있다고 하면 감정이 가라앉는 날이었다. 다행히 오늘은 타고난 쾌활 날인데 할머니의 선물이 호박벌을 더 부풀게 하는 것 같았다.

"맛, 맛국물…… 넣을까요?"

멋쩍어진 현의 동문서답이었다. 포장지를 곱게 뜯어내던 호박벌이 함께 보자고 했으나 현은 못 들은 척하고 바깥 주방으

로 나갔다. 서너 평 되는 마당인데 주로 채소를 다듬고 씻는 곳
으로 한쪽 옆에 큰 가마솥이 걸려 있다. 표고버섯, 무, 파 뿌리
를 비롯한 채소를 잔뜩 넣어 90분 끓인 다음 멸치와 다시마를
보충하여 다시 30분 끓이기. 현이 배운 맛국물 레시피였다. 여
기에 시래기와 된장을 풀면 국이 완성되는데 충무김밥에 곁들
여 나가게 된다. 국물 하나에도 시간과 정성을 들이니 몇십 년
단골도 있는 모양이었다.

센터장 호박벌과 사장님 호박벌은 다른 사람 같았다. 센터
에서는 무조건 현을 칭찬하는데 가게에서는 더없이 깐깐했다.
위생모를 벗었다고, 테이블을 제대로 닦지 않았다고, 주방 바
닥이 미끈거린다고…… 그 외 여러 이유로 혼났다. 그만두고
싶었으나 2주 만에 현은 덜 혼나고 조금 재발라졌다.

현은 각종 채소로 노르스름해진 물에 멸치와 다시마를 집어
넣은 다음 안으로 들어왔다. 호박벌은 방금 버무린 무김치를
큰 통에 넣고 있었다. 김치냉장고에서 2주 동안 숙성하면 맛있
게 될 것이다. 현은 김치 통을 들었다. 꽤 무거웠지만 힘 쓰는
일이라 어렵진 않았다. 호박벌은 허리가 약하니 현이 보람 있
는 순간이기도 했다. 주걱으로 밥을 젓거나 당근 박스를 내릴
때처럼.

손님맞이 세팅을 마친 다음 잠시 쉴 수 있었다. 여느 때처럼 호박벌은 커피를 마시고 현은 사과를 먹고 있었다. 출입문에 달린 풍경이 바람 소리를 냈다. 어서 오세요. 아직 우렁찬 소리는 아니지만 현이 말하며 고개를 돌렸다. 뜻밖에 민철이었다.

"어? 여긴 어떻게?"

"어서 와, 빨리 왔네."

현과 호박벌이 동시에 말했다. 호박벌은 모르는 게 없는 것 같아 매번 놀라는데 지금도 그랬다. 어제 만났을 때도 민철은 아무 얘기도 없었으니 문문의 심부름으로 충무김밥을 사러 왔다는 건 오늘 생긴 일인 것 같았다.

어제 민철은 주급을 받았다면서 현을 이름난 뷔페로 데리고 갔다. 하루 일당이 넘는 가격이라 현은 남의 돈이라도 아까웠는데 민철은 호기로웠다. 맛있는 요리가 있는 코너를 꿰고 있는 걸로 봐서 한두 번 온 게 아니었다. 먹거리 종류가 헤아릴 수 없이 많고 사람이 너무 많아 마음에 들지 않았지만, 현은 다음번에도 오자고 했다. 신세를 졌으니 갚고 싶었고 비슷한 수준의 식당을 알지 못하니 그렇게라도 해야 마음이 편할 것 같았다.

주방과 가장 가까운 테이블에 현과 민철이 앉았다. 주방에서 김밥 준비를 하면서 호박벌이 말했다.

"문문은 잘 지내시지?"

"뭐, 뭐, 그렇겠죠."

민철이 먼산바라기로 고개를 건들거리며 말했다.

"대답이 시원찮네. 왜, 술을 많이 드시나?"

"음, 술도 술이지만, 식당 아줌마 말이…… 사모님이 도망갔다고, 뭐, 처음도 아니라고…….

"처, 처음?"

현이 자기도 모르게 말을 거들자 민철이 목소리가 은근해졌다.

"뭐, 첫 부인이 아니라고도 하고 도망간 게 처음이 아니라고도 하고……. 문문 성격이 별나거든. 맞추기가 쉽지 않지. 어떨 땐 안 보이는 게 아주 자랑…….

어느새 다가온 호박벌이 김밥 접시를 올리며 말했다.

"그만, 되지도 않은 소릴…….

"아, 진짜라니까요."

"진짜든 아니든 네가 떠들 얘기는 아니지."

"아, 뭐야. 호박벌이 물어봤잖아요."

민철이 얼굴이 달아오르며 목소리가 높아졌다. 서 있는 호박벌을 노려보는 눈초리도 예사롭지 않다.

"됐다. 먹을 거 앞에 두고 큰소리치는 거 아니다. 김밥 먹어.
호박벌은 싫어도 소풍 김밥은 마니아라며."

"내가 언제 그랬어요?"

"아님 말고, 안 먹을 거야? 치워 버릴까?"

호박벌 손이 닿기 전에 현이 김밥 접시를 민철이 앞으로 밀
었다.

"누가 안 먹는대요? 배고파 죽겠는데……. 야, 너도 먹어."

민철이 아무 일 없었다는 듯 시래깃국부터 후루룩 마셨다.

침묵 발언이나마

진목의 10월은 평온하게 흘러갔다. 진목은 집 가까운 학원 대신 학교 인근의 학원에 다녔다. 호감을 보이는 여학생 때문이 아니라 한 시간을 오가는 버스에서 만나는 섹시걸들이 좋았다. 마음의 두근거림이 다시 찾아왔다. 보이지 않는 그 무엇이 가슴팍 어느 부위에서 들썩였고 진목은 셔터를 눌렀다. 그어느 때보다 머릿속이 깨끗했고 손놀림은 정확했다. 이윽고 깊은 밤에 찾아드는 황홀감, 그 기운으로 진목은 열심히 공부했고 조금씩이나마 다정한 아들로 돌아갔으며 알바도 성실하게 할 수 있었다.

진목의 평화를 깬 건 한 통의 전화였다. 진목은 컴퓨터 앞에 앉아 인터넷 강의를 듣고 있었다. 낯선 번호였지만 몇 번 거듭되는 바람에 통화 버튼을 누르게 되었다. 한동안 끊겼던 민재 전화가 며칠 연속되어 뭔가 찜찜하던 때이기도 했다.

"나, 국어 쌤이다."

순간적으로 가슴이 철렁 내려앉았지만, 진목은 목소리를 가다듬고 깍듯하게 인사했다.

"단도직입적으로 말할게. 민재 만났니? 통화는 했겠지?"

머리를 빠르게 굴렸으나 무슨 영문인지 알 수 없었다.

"아, 아니요……."

"민재가 우리 학교 여학생들 사진을 단톡에 뿌렸어. 삽시간에 퍼졌고. 그거, 네가 찍었다며?"

"무슨 말씀인지 모르겠는데요."

"야, 이진목. 또 시치미 떼는 거야? 우리 속이고 담임에게 딴 핑계 대고 전학 가면 끝인 줄 알았어? 너희 어머니도 그러실 줄 정말 몰랐다. 친한 선생 이용해 입막음한다고 그게 끝날 일이야? 아무튼 이번엔 그냥 넘어가지 못할 거다. 학폭위 열릴 거고 너도 소환될 거야."

"말씀이 너무……."

화가 나서 나오는 대로 말하다가 아차 싶어 입을 닫았다.

119

"지나치다고? 피해자 쌤은 그때부터 남자반 수업을 못 하겠다는데 지나치다고? 자기 사진이 어딘가에 떠돌고 있을 것 같아 불면증에 시달린다는데 너는 지금 지나치다고?"

한 번도 들어 보지 못한 노여운 목소리에 진목은 전화를 끊어 버렸다.

다리가 다다다 떨리고 손에 땀이 찼다. 침대로 던져 버린 스마트폰이 다시 울렸다. 무서운 짐승이 내는 소리 같았다. 그 누구에게도 자신의 보물 창고를 발설한 적이 없는데 유출이라니, 있을 수 없는 일이다.

진목은 일어나 방 안을 천천히 걸었다. 숨을 고르고 마음을 가라앉혔다. 민재, 민재, 민재……. 파일을 뒤지듯 자신의 머릿속을 헤집었다. 한참 만에 기억 하나가 올라왔다. 우리 학교 여학생이라고 했던 국어 쌤의 말과 결합하면서 반짝, 전구가 켜졌다.

진목은 날아가는 총알만큼 빠르게 책상에 앉아 컴퓨터를 열었다. 메일 수신함 목록에서 '지역 탐구 보고서'를 확인한 다음 클릭했다. 울신1, 울신2, 울신3, 울생 4……. 울신 지역 보고서에 울생 파일이 끼어 있었다니, 아, 숨이 턱 막혔다.

'내가 왜? 나는 그런 실수를 할 사람이 아니다. 보물 창고는

늘 굳게 잠갔고 한밤중 나 홀로 들어갔다. 그런데 어떻게 이런 일이?'

진목의 머릿속이 바쁘게 움직였다. 엄지를 거듭 치켜세우던 민재가 떠올랐다. 진목은 아차 싶었다. 그동안 쌩까고 있었다니, 의뭉스러운 놈이다. 봤으면 혼자만 감상하지 이제 와 까발리다니 더럽게 나쁜 새끼다.

입이 마르고 목이 탔다. 진목은 방문을 열고 밖으로 나갔다. 거실 구석에서 엄마가 소리 내 울고 있었다. 진목이 가까이 가려 하자 엄마가 팔을 휘저었다. 손에 스마트폰이 들려 있었다.

완강한 거부에 진목은 걸음을 멈추었다. 엄마는 우는 것으로 부족한지 이제 벽에 머리를 쿵쿵 박고 있다. 씨바, 좆됐다……. 진목은 이러지도 저러지도 못한 채 중얼거렸다.

국립중앙청소년디딤센터.

경기도 용인이라는 곳은 들어 봤지만 처인구, 남사면, 각궁로라는 지명은 낯설기 그지없었다. 진목은 차창을 통해 먼 산과 구부러지고 이어지는 도로, 이파리 하나 없는 나무들을 무심히 바라보았다. 세 시간 전에 출발한 차 안엔 길을 안내하는 기계음만 흘렀다. 진목은 운전하고 있는 엄마를 곁눈질했다.

엄마는 잔뜩 굳은 얼굴로 앞만 보고 있었다. 운전 중에도 끊임없이 얘기하고 웃었던 때가 먼 과거처럼 여겨졌다. 유일한 가족인 엄마는 늘 다정하고 유쾌하게 진목을 대했다. 학교 안팎으로 유능한 상담 교사인 엄마와 공부 잘하고 매사 성실한 진목은 더없이 좋은 짝이었다. 엄마는 진목이 남들보다 일찍 철들었다며 안쓰러워했고 진목은 이혼의 상처에 아랑곳없이 당당하고 지적인 엄마가 자랑스러웠다.

한순간에 모든 게 틀어졌다. 도촬한 잘못은 인정하지만, 오래전부터 간직해 온 보물 상자까지 들추고 후벼 팔 줄은 몰랐다. 물론 떠벌릴 일은 아니란 건 안다. 하지만 비밀스러운 개인 취향 한 가지 없는 사람이 있을까? 혼자만 알고 간직하는 것까지 문제 삼을 줄은 몰랐다. 달라진 건 하나도 없는데 어제는 모범생이라 칭찬하던 사람들이 오늘은 범죄자 취급이었다.

언제부터 시작했는지는 모르겠다. 처음엔 앞서 걷는 여자의 다리가 너무 아름다워 자신도 모르게 스마트폰을 들게 되었다. 한두 장 찍다 보니 재미있었고 어느 순간부터는 가슴이 떨리고 신경이 바짝 섰다. 무의식적으로 촬영 버튼을 누르고 나면 몸과 마음이 사르르 풀렸다. 자위나 몽정이 끝날 때처럼 노곤한 평화가 찾아왔다. 점점 파일 보물이 쌓이자 흐린 오후나 어두운 밤에도 외롭지 않았다. 컴퓨터만 있으면 혼자 있는 시간이 평온하고 충만하게 흘렀다. 그 시간이 있기에 공부나 학교생활도 열심히 할 수 있었으며 아빠의 재혼도 견딜 수 있었다.

넓은 주차장에 드문드문 차가 섰다. 진목 또래보다는 부모와 함께 온 중학생 정도의 애들이 많았다. 아예 학교조차 안 다닐 것 같은 회색 머리, 노랑머리도 있었고 인솔 교사를 따라 여럿이 함께 오기도 했다. 차에서 내린 엄마는 방향을 잃은 사람처럼 두리번거렸다. 진목은 노트북과 세면도구가 든 가방을 멘 다음 겨울옷 몇 가지와 공부할 책, 워크북 등을 되는대로 넣은 캐리어를 밀기 시작했다. 4주 동안 지낼 짐이라 꽤 무거웠다.

그동안 진목은 여교사 도촬로 교권보호위원회에, 불법 사진 유포로 학교폭력위원회에 넘겨졌다. 두 사건 모두 예전 학교가 아니라 관할 교육청에서 이루어졌다. 진목은 자기 일이라는 실감도 없이 출석하고, 대답하고, 고개를 숙였다. 진목의 일이었으나 진목은 구경꾼이었고 엄마가 나섰다. 엄마는 진목의 잘못을 덮었던 자신의 잘못을 수습하는 한편 위원회의 판정을 완화하기 위해 내내 분주했다. 엄마는 진목에게 진행 과정을 얘기하지 않았고 진목도 묻지 않았다.

위원회는 555 나나숲 수행 및 디딤센터 4주 교육을 명령했다. 치유 기간과 내용이 학교생활기록부에 남지 않는다는 걸 강조하며 어렵게 잡은 기회이니 치료·재활 과정을 성실하게 수행하라고 했다. 치료와 재활? 받아들일 수 없는 단어였으나 진목은 심리 검사와 면접까지 봐야 했다. 학교 출석은 인정받는다지만 내신 성적이 걱정이었는데 짝꿍 여자애가 필기 내용을 찍어 보내 주겠다고 했다. 공기 중 바이러스처럼 소문이 퍼졌을 때 불쾌감을 드러내는 다른 애들과 달리 그 애는 선선히 돕겠다고 했다. 의외의 친절이라 진목은 당황하였다. 그 애 사진이 포함된 자신의 컬렉션이 떠올랐다. 마음이 복잡하였으나 없애길 잘했다는 생각이 들었다. 진목은 고맙다고 말하며 전화번호를 교환했다.

중앙 현관부터는 혼자 들어가야 했다. 비로소 찾아드는 두려움에 진목의 눈빛이 흔들렸다. 엄마 역시 금방이라도 울 듯한 표정이었다. 무심코 엄마를 안으려다 멋쩍어진 진목이 뒷걸음쳤다. 그때 몇 시간 동안 침묵하던 엄마가 처음으로 입을 열었다.

"여기 오기까지, 그동안, 죽을 것처럼 힘들었어. ……4주, 금방, 간다. ……똑똑하게, 처신해."

엄마는 단어 하나하나를 뚝뚝 끊어 말했다. 단호하고 간절한 눈빛 때문인지 진목의 몸과 마음에 그대로 박히는 것 같았다. 진목은 고개를 끄덕였다. 엄마는 돌아서서 빠르게 걸었고 진목은 괜스레 눈을 비볐다.

*

"어서 오십시오."

안마원 문을 열자 높고 큰 인사말이 흘렀다. 현은 아직도 그 말이 어려운데 민철에겐 쉬운가 보았다. 생각해 보면 의례적이든 상술이든 상관없이 어서 오라는 건 참 좋은 말이다. 집이나 학교에서 현이 들어 본 적 없는 말이다. 돈 내고 다녔던 여러 학원에서조차 현은 늘 구석진 곳에 찌그러져 있었다. 애들과 어울린 적도 있었지만, 그들에게 현은 어쩌다 눈에 뜨였다가 싫증 나면 처박아 버리는 장난감이었다. 그런데 요즘은 어서 오라는 말을 자주 들었다. 오, 현! 어서 와. 현이 왔네, 어서 와. 사공현, 어서 와라. 우리 손주 어서 와…….

"어라, 아침부터 실실 쪼개고. 너 이상한 거 먹었나?"

"아, 아침은 무슨, ……12시가 다 되었는데."

민철의 말에 대꾸하며 현은 손님을 상대하고 있는 문문에게 다가갔다. 현이 소리 내서 인사하자 문문은 안마를 멈추지 않은 채 고개만 끄덕였다. 여전히 영문은 모르지만, 현은 그 신호를 알아들었다.

어젯밤에 현은 문문의 전화를 받았다. 문문은 대뜸 안마원으로 와서 민철과 함께 시간을 보내면서 이상한 게 있으면 자신에게 말해 달라고 했다. 비밀로 하라는 말까지 근엄하게 덧붙이니 게임에서 보는 지령 전달 같은 무게감이 느껴졌다. 현은 이유가 궁금했지만, 충성스러운 게임 캐릭터처럼 알겠다고만 했다.

"근데 너, 웬일이냐? 여기 처음이지?"

2층 거실에서 민철이 말했다. 현은 기습 질문에 당황하여 머뭇거렸는데 민철은 딱히 대답을 기다리는 것 같지는 않았다. 으레 그런 놈이려니 여길 게 현으로는 다행이었다. 민철은 건조기에서 수건과 면 티, 반바지를 꺼내 거실 바닥에 쏟았다.

"활보 아줌마, 완전 약아 빠졌어. 오자마자 세탁기부터 돌리면 될 텐데 이렇게 남겨. 개는 건 니가 해라, 이런 거지. 날 어떻게 보고……. 한 방 벼르고 있어."

"활…… 보?"

"장애인 활동 보조, 문문은 하루 네 시간씩 지원받아. 주로 2층과 가게 청소하고 빨래 정도 하는데 순 건성이다. 했다 하면 그만이거든. 시각장애인이니 제대로 됐는지 확인할 수 없잖아. 수건과 안마복은 문문이 만져 보는 거니까, 나한테 미루는 거야."

민철은 탈탈 털어 가며 수건과 옷을 반듯하게 갰다. 입은 입대로 손은 손대로 바쁘고 민첩했다. 현도 따라 해 보았으나 민철이 갠 것처럼 각이 살아나지는 않았다.

"너, 너는 할 만해? 집에는……."

"집에 안 가는 게 젤 좋다. 문문이 어떻게 했는지 찍소리 없어. 안 보고 사니까 속이 다 시원해. 문문 밥 챙기는 게 젤 힘들다. 밥 먹는 시간은 왜 그리 빨리 돌아오냐? 국이며 찌개, 밑반찬까지 사긴 하지만 문문 혼자 먹을 수 없으니……. 저녁은 거의 외식이야. 그래도 힘들긴 매한가지. 팔짱 껴야지, 반찬 놔 줘야지, 술 따라 줘야지……. 네가 왔으니 점심은 내가 쏴야겠다. 뭐 먹을래, 피자? 치킨? 아 참, 할머니, 잘 계시지?"

쉴 틈 없이 말을 쏟아 내던 민철이 그제야 입을 닫고 현을 바라보았다.

"으, 으응, 우리 할머니, 날마다 네 안부 묻는다. 듬직한 민철이 또 오라고도 하고……."

"흐흣, 듬직한 민철이, 울 집에서는 뚱땡이였는데……."

민철이 시선을 다른 곳으로 돌리는 듯하더니 갑자기 일어섰다.

"앗, 시간 다 됐다. 손님 마칠 때다. 계산해야 해. 내려가자. ……아, 아니다, 바로 올라와서 점심 먹어야 할 테니 넌 여기 있어. 음, 치킨은 시간이 좀 걸리니 짜장면 시켜야겠다. 그건 10초 만에 오거든. 그래도 되겠지?"

민철이 움직이며 또다시 말을 쏟았다. 현이 고개를 끄덕이는 걸 보지도 않고 민철은 서둘러 현관문을 열었다. 그러더니 다시 얼굴을 내밀어 개킨 수건과 안마복이 담긴 바구니를 달라고 했다.

갑자기 적막이 찾아들어 거실이 더 넓어 보이겠지만 워낙에 장식도 없었다. 소파와 텔레비전, 오래된 가족사진만 있었다. 믿기지 않을 정도로 멋진 문문이 여자애와 남자애 어깨에 손을 올리고 있었고 문문 옆에는 젊은 여자가 서 있었다. 문문의 눈빛은 그윽했고 애들은 천진난만, 아내는 아름다워 보였다. 문문은 볼 수 없는 사진을 가만히 보고 있자니 현의 가슴 한쪽이 아릿했다.

주방은 여느 집과 별다를 게 없었다. 설거지라도 해 주고 싶었는데 개수대도 깨끗했다. 현은 주위를 쓱 둘러본 다음 냉장고도 열어 봤다. 활보의 손길인지 민철이 정리한 것인지 모르겠지만 뜻밖에 칸칸이 반찬통들이 가득했고 신선칸엔 구이용 소고기도 두 팩이나 있었다. 현의 집처럼 식탁 위엔 약이 죽 늘어서 있었다. 할머니처럼 문문도 매일 먹어야 하는 약이 많은가 보았다. 약통 옆엔 종이 상자가 하나 더 있었는데 꽤 많은 지폐와 동전이 한데 섞여 있었다.

현관문 열리는 소리에 현은 얼른 거실로 나갔다. 문문과 민철뿐 아니라 철가방도 따라 들어왔다. 현은 10초 배달이라는 민철의 말을 떠올리며 슬며시 웃었다. 민철이 종이 상자에서 5만 원권을 꺼내 배달맨에게 건넸다. 스마트폰 앱이 아닌 예전 방식으로 주문하고 결제하는 시스템인가 보았다. 현은 식탁으로 음식을 나르면서 민철이 거스름돈을 자기 호주머니에 넣는 걸 보고 말았다. 그 순간 문문의 당부가 떠올랐지만 현은 고개를 저었다.

"현아, 많이 먹어. 내가 산 거다."

말은 현에게 하면서 민철은 그릇을 덮고 있던 비닐을 벗겨 문문 앞으로 짜장면을 놓았다. 두 쪽으로 가른 나무젓가락도 문문의 손에 쥐어 주었다. 그렇다면 돈 상자는 민철의 것이란 말인가. 현의 마음이 복잡해졌다.

"오, 그래? 덕분에 나도 잘 먹네. 맛보기 탕수육 왔나?"

"여기요."

민철이 탕수육 두어 점을 문문 짜장면 위에 올렸다. 그런데 맛보기용과 별도로 탕수육이 한 접시 더 와 있었다. 민철이 현 앞으로 그 접시를 밀며 눈을 질끈 감아 보였다. 현은 무언가 잘 못되었음을 직감하며 문문을 바라보았다. 문문은 시커먼 면 가락만 집어 올리고 있었다.

덩치가 있어서인지 민철은 먹는 양이 많고 속도도 빨랐다. 현이 문문에게 탕수육을 집어 주려고 하는데 민철이 손을 저었다. 주지 말라는 뜻이었다. 현은 당황하여 문문과 민철을 번갈아 보았다. 민철은 익숙한 듯 부지런히 탕수육을 먹었다.

오후 5시, 안마원을 나온 현은 멍하게 섰다가 집 가는 버스를 그냥 보냈다. 이리저리 서성거리다가 스마트폰을 들었다. 문문의 전화번호를 열었다가 다시 닫기를 반복하다가 아까시의 번호를 눌렀다. 숲체원으로 가도 되냐고 했더니 곧 퇴근한다며 센터에서 보자고 했다.

현이 먼저 도착했다. 잠시 앉았다가 김밥 가게 냉장고에서 사과와 배를 꺼내 왔다. 일회용 커피와 티백을 확인한 다음 찻잔을 준비하고 커피포트에 물을 올렸다. 마치 주인이 되어 손님을 기다리는 것 같아 마음이 다소 느긋해졌다.

"어머나, 현. 과일도 잘 깎는구나. 저를 위해 이렇게 예쁘게 차려 주시다니요. 감동이옵니다."

아까시가 너스레를 떨며 과일을 집었다. 정말 배가 고팠는지 한 접시를 거의 다 먹고 나서야 포크를 놓았다. 현은 그동안 무슨 말을 어떻게 해야 할지 궁리했다. 요즘 따라 생각이 많아지긴 했으나 생각과 말의 거리는 여전히 멀고도 멀었다.

"특별히 할 말이 있어서 만나자는 거 같은데……."

아까시가 양손으로 커피 잔을 움키며 천천히 말했다.

"……고, 고민이 있어서요."

"그렇구나. 고민 있을 때 나를 불러 줘서 고맙고……. 뭘까? 우리 현을 괴롭히는 게……."

"으, 으음……."

생각대로 말이 나와 주지 않고 입만 말랐다.

"아, 현아, 그래, 그거. 침묵 토론, 아니 침묵 발언으로 해 볼까?"

현은 무슨 말인지 몰라 멀뚱멀뚱 보기만 하는데 아까시는 프린트기 옆에 모아 둔 이면지를 한 움큼 가져왔다.

"대화가 어디 말뿐이더냐? 여기다 쓰는 거지. 중고등학교 수업 시간에 선생님 눈 피해 가며 짝이랑 많이 했던 거, 추억 삼아 해 보자. 마침 나도 오늘 목을 넘 많이 썼거든. 지금부터 입 대신 글."

아까시는 현 옆으로 자리를 옮긴 다음 볼펜을 건네고 자신이 먼저 글을 썼다.

— 나에게 전화한 곳은 어디?

— 버스 정류장.

아까시가 엄지와 중지를 들어 좋다는 사인을 보냈다. 이렇게 하면 된다는 뜻인가 보았다.

— 갑자기 생긴 고민?

— 예.

— ?

현은 아까시의 물음표를 한참 동안 들여다보다가 숨을 깊게 쉬었다. 아까시가 빙그레 웃었다. 아까시에게 배운 큰 숨 쉬기와 나비 포옹은 어느새 현의 습관도 되었다.

— 민철이 돈을 빼돌려요. 문문에게 거짓말도.

— 어떻게?

— 안마 손님이 현금 결제한 거. 2층 식탁에 두고 쓰는 돈도 조금씩. 무슨 돈으로 샀는지 빵하고 과자도 많았고요.

— 문문은 모르셔?

— 사실은 간밤에 문문이 저에게 전화했어요.

— 알고 계셨나?

— 모르겠어요. 오늘은 아무 얘기 없으시고.

— 음, 고민은 이걸 문문에게 말해야 하나 그냥 덮어야 하나…….

— 예.

— 그러니까…… 우정이냐, 정의냐?

— 뭐 그렇게 거창할 건 없…… 맞네요.

— 그렇군. 고민되겠다. 민철이 알면 길길이 날뛸 테고…….

— 그냥 있자니 제가 비겁하고요. 음, 지난번 숲체원에서 진목이 도촬하는 것을 보고도 말 안 했어요. 나중에 학교에서 들켰다 해서 그때 말할 걸, 뒤늦게 후회했어요.

— 아, 그랬구나. 그 대목은 나도 아쉽네. 민철이 말을 소홀하게 대한 걸 후회도 했고.

아까시와 현은 약속이라도 한 듯 침묵했다. 아까시는 일어나 커피포트 전원을 다시 켰으며 현은 볼펜을 든 채 화장실을 다녀왔다.

— 계속할까?

— 예.

— 오늘 당장 해결할 수 있는 문제는 아닌 듯.

— 문문에게 전화 오면…….

— 곤란하겠지? 거짓말을 할 수도 없고. ……그런데 고민은 꼭 당사

  자가 해결해야 하나?

— 무슨 말씀인지?

— 누가 나서든 해결만 하면 된다고. ……내가 나서도 될까? 아, 민철

  인 절대 모르도록 할게. 나를 믿고 문문도 믿어 봐.

— 그럴 수 있을까요?

— 일단 네가 나서는 것보다 좋을 듯.

— 예. 감사합니다.

— 나도 고마워. 고민을 말해 줘서. ……이 종이는 어떻게 할까? 가지

  고 갈래? 내가 처리할까?

— 아까시 마음대로요.

현은 고개를 들었다. 세상에 태어나서 처음으로 자기 생각
을 밝힌 것 같았다. 팔은 뻐근했지만, 가슴 깊숙이에서 묵직한
감정이 일렁거리며 올라왔다.

*

천장 높은 사무실로 들어서자 나무 향기가 진하게 났다. 숲체원답게 외관부터 내장재까지 모두 목재로 이루어진 건물이었다. 아, 안녕하세요. 안녕하세요. 현은 눈이 마주치는 대로 인사하며 걸음을 옮겼다. 그동안 여러 번 드나들고 도우미도 했던 터라 공간이 익숙해지고 낯가림도 줄었다. 현이 가까이 가자 아까시는 노트북을 끄고 자리에서 일어났다.

"현, 어서 와. 시간이 벌써 이렇게 되었네. 나가자."

"저, 이거."

현은 음료 박스를 내밀었다.

"처, 첫 월급 받았어요."

"어머나, 오, 현. 멋지다, 감동이야. 쌤들, 여기 사공현이 알바 월급 받았다고 음료수 사 왔어요."

아까시가 큰소리로 떠벌리자 박수가 터졌다. 마음이 시켜서 한 일일 뿐인데 칭찬까지 더해지니 몸 둘 바를 모를 지경이었다. 얼굴이 발그스름해진 현은 아까시 뒤를 따라 사무실을 나섰다.

사무실 건물을 나오자 아까시는 걸음을 멈추고 양팔을 펼치며 크게 심호흡을 했다. 현도 지칫거리고 있는데 갑자기 아까 시가 루페가 있는지 물었다. 현은 가방을 내려 손으로 더듬어 확인한 다음 있다고 했다.

"저기 저쪽, 보여 줄 게 있어."

쥐꼬리망초 군락이었다. 꽃 지고 씨 맺는 계절인데 뜻밖에 연분홍 꽃들이 드문드문 피어 있었다. 그냥 지나치면 몰랐을, 새끼손톱보다도 작은 꽃이었다.

"루페로 봐. 진짜 예뻐."

그러잖아도 꺼내던 중이었다. 루페는 렌즈 배율에 따라 여덟 배, 열 배로 물체를 확대하여 보여 주는 도구다. 현은 아까 시에게 선물 받은 루페를 가지고 다니며 작은 꽃을 볼 때마다 들이대었다. 그동안 현이 몰랐던 아름답고 정교한 세계가 거기 있었다. 아무리 작아도 꽃잎, 꽃받침, 암술, 수술이 질서 있게 자리 잡았고 촘촘히 박힌 씨앗이며 잎의 결이 생생했다. 루페를 통해 보고 있으면 코스모스라는 단어가 꽃 이름인 동시에 우주를 뜻한다는 게 어떤 의미인지 알 것 같았다.

"아침 한 바퀴 때 보니 마침 피었더라. 현이 올 때까지 견뎌 주려나 싶었는데 널 기다린 듯 지금도 예쁘네. 이렇게 정신없이 등장하는 것도 깜짝 선물같이 좋네."

아까시는 출근 직후와 퇴근 직전에 늘 숲체원을 돌았다. 그걸 아침 한 바퀴, 저녁 한 바퀴라고 하는데 나무와 풀, 동물의 흔적과 곤충의 탈피 같은 걸 살폈다. 체험 활동에 쓸 잎과 꽃을 채집하기도 했다. 저녁 한 바퀴에 몇 번 따라가며 현은 숲과 아까시를 더 좋아하게 되었다. 루페에서 눈을 떼며 현이 일어났다. 무릎에 묻은 흙을 털고 있는데 아까시가 말했다.

"능력이니 경쟁이니 하는 말 좋아하는 인간들에게 보이고 싶은 꽃이야. 얼마나 좋아. 순서 지키고 서로 양보하는 게 각자 빛나는 길이란 걸 보여 주니 말이야."

현은 고개를 끄덕이며 아까시 뒤를 따라 걸었다.

목공 체험실도 향이 짙었다. 현은 큰 심호흡으로 편백 향을 들이마셨다. 아까시가 말했던 바이오필리아, 자연을 사랑하는 유전자가 현대인에게 각인되어 있다는 게, 적어도 현 자신에게는 진리로 여겨졌다. 현은 숲에서 평화로웠고 안정감을 느꼈다. 피부 세포가 하나하나 열리고 가슴이 퍼졌다. 손짓이나 몸짓이 부드러워지며 키가 커지는 기분이 들었다. 그래서일까, 숲체원에서는 사람들도 훨씬 대하기 수월했다. 덜 긴장했고 조금 버벅거렸다.

"어디 보자, 아…… 봐도 되니?"

아까시가 현의 워크북을 집으며 말하자 현이 고개를 끄덕였다.

"어머, 열심히 했구나. ……오오, 글씨 예쁘고 정리도 꼼꼼하게 했고. 와아, 벌써 300시간이나……."

아까시는 워크북을 넘겨 가며 혼잣말인 듯 현에게 하는 말인 듯 계속했다.

"학교 안 가고…… 10월엔 바빠서 연장근무도……. 가을엔 등산을 많이 가니까, 테이크아웃 손님이 많았겠다. ……멘토도 자주 만났고, 이러다가 조기 졸업하는 거 아냐?"

"아, 아니에요. ……저, 궁금한 게…… 상, 상담이라기보다……."

"응, 말해 봐. 어떤 얘기라도 좋으니 편하게 말해 봐."

"제, 제가 휴일에는 오전 11시에 일이 끝나요. 저, 그래서……."

현을 대할 때의 기본자세는 기다림, 그걸 잘 아는 아까시는 가만히 있었다. 머릿속 생각이 입 밖의 말로 나오는 시간이 긴 만큼 상대가 기다려 주면 될 일이었다. 현은 큰 숨을 쉰 다음 말을 이었다.

"……주말 오후에는 여기…… 체험 활동도 많으니, 또 전에 아까시가 애들 많이 왔을 때, ……제가 도와주니 좋다고 했고, 그래서 여기서 아까시 따라다니며……."

"날 따라다니며?"

아까시가 참지 못하고 끼어들었다. 뜻밖의 얘기였기 때문이었다.

"예. ……숲 체험할 때 짐도 들고 돕기도……."

"오호, 그러니까 조교를 하겠다는 거지? 어떻게 그런 생각을 다 했지? 멋지다."

"귀, 귀찮지 않으시면……."

"나야 완전 땡큐지. 유치원생이나 초딩이 20~30명씩 몰려올 때는 정신이 하나도 없는데 보조가 있어 주면 넘 좋지. 그래서 알바라도 붙여 달라고 요구하는 거고. 근데 윗선에선 요지부동인걸."

"알, 알아요. ……자, 자원봉사 공고 보고."

"그거야 하도 우리가 떠드니 총무과에서 시늉으로 붙여 놓은 거고, 어떤 사람이 이 구석까지 봉사 활동을 온다고……. 흐흐, 사공현이 오는구나. 너같이 낚이는 사람도 있구나."

"열, 열심히 할게요."

"그럼, 봉사 활동이라고 대충해서는 안 되지. 근데 넌 아주

열심히 할 거야. 이미 숲을 사랑하는 병에 걸렸으니까. 네가 쥐
꼬리망초야."

아까시가 나비 포옹을 풀며 말했다. 자기 어깨를 두드렸던
아까시의 손이 현의 어깨를 토닥토닥 두드렸다. 팔랑팔랑 나
비가 앉은 것 같았다. 얼굴을 붉히며 현이 씨익 웃었다.

다행히 골든타임

국립중앙청소년디딤센터.

초등학교 6학년인 황보라가 또 자해했다고 했다. 며칠 전엔 포크로 허벅지를 찔렀다더니 이번엔 나뭇가지로 손목을 그었단다. 입소할 때 몸 뒤짐까지 해서 커터 칼이나 가위 같은 걸 압수했지만, 문제는 도구가 아니라 마음이었다. 그랬던 보라가 저녁 산책에 나타나서 예전처럼 웃고 떠들었다. 119 구급대까지 동원되었던 소란의 주인공이 맞나 싶어 다시 보였다. 진목은 보라의 패딩 점퍼 사이로 보이는 붕대를 곁눈질하다가 말을 걸었다.

"야, 괜찮아? 어린애가 겁도 없이……."

"어머머머. 이 오빠, 드디어 말했어. 일주일 내내 대꾸 한마디 없더니……."

보라는 진목의 앞뒤를 방방 뛰며 환호했다. 진목은 고개를 저었다. ADHD는 어쩔 수 없어. 괜히 말 걸었다 싶은 순간 보라가 진목 옆에 바짝 붙었다.

"오빠, 나 죽으려는 게 아니고, 살려고 그랬던 거야. 오빠가 말 걸어 달라고……."

진목은 어이가 없어 웃고 말았다.

"난 진짠데……."

보라가 걸음을 멈추고 진목을 올려보며 정색했다. 갑자기 싸늘해진 분위기에 당황한 진목이 눈으로 선생을 찾으니 그는 어깨를 으쓱해 보였다. 끼어들지 않겠다는 신호였다. 진목은 머리를 긁적이며 보라와 걸음 폭을 맞추었다. 나란히 걷다 보니 필기녀가 생각났다. 둘 다 쌍꺼풀 없는 눈이었고 키도 비슷해 보였다. 필기녀는 약속대로 수업 내용을 담은 사진을 전송해 왔다. 선생이 중요하게 다룬 내용은 메모로 정리해 보내 주기도 했다. 단순한 친절로 보기에 정성과 시간이 예사롭지 않았다. 소문난 교내 커플이니 진목을 짝사랑한다고 오해할 수도 없었다.

"오빠는 학폭 같지는 않고, 인터넷 중독?"

"으응? ……그, 글쎄……."

어떻게 대답해야 좋을지 망설이는데 보라는 말꼬리가 땅에 닿기도 전에 채갔다.

"나는 위험사용자군. 인터넷·스마트폰 이용 습관 조사라나, 학교에서 센터로 보냈어."

"게임?"

"아니, 친구와 카톡하고 인스타, 페북 구경 다니고, 뭐, 그런 거. 울 엄마가 더 놀랐어. 당장 병원 가자 해서 따라갔는데 무슨 무슨 검사를 이만큼 또 하더라."

우울증 진단까지 받았다는 보라는 양손을 크게 벌렸다. 진목은 보라의 말을 믿어야 할지 말아야 할지 헷갈리면서도 물었다.

"새엄마?"

"힝, 친부모 맞아. 두 분 다 잘해 주는데 내가 이상한 애라서 약 먹고, 약 안 먹다가 스트레스 받으면 커터 칼로 실실 긋는 거야. 무슨 스트레스냐고? 그게, 내 마음인데 나도 모르겠어. 엄마도 묻고 의사 쌤도 잘 생각해 보라는데, 도무지……."

들을수록 이상했지만, 진목은 보라가 하는 말에 끌렸다. 초등학생이 어쩌다가 중독도 모자라 우울증에 빠졌는지 알고 싶었다.

그날 이후 보라는 진목을 볼 때마다 반가워하며 졸졸 따랐다. 속마음과 상관없는 친절이 몸에 밴 진목은 보라를 잘 받아주었다. 어쩌다 나타나지 않는 날엔 무슨 일이라도 생겼는지 걱정되기도 했다. 하루는 보라가 스마트폰을 달라며 상담실 벽을 치고 바닥을 굴렀다. 친구들이 보고 싶다며 소리 내어 울기도 했다. 단톡방에 초대해서 ADHD 약 먹는 괴물이라고 놀렸다는 애들, 기분 나쁘고 성질부릴 것 같아서 나가면 다시 초대를 반복하여 패드립 치는 애들이 뭐가 그리운지 모르겠다.

금단현상이야. 그래도 보라는 골든타임에 들어와서 희망이 있어. 부모님도 보라도 노력하는 중이야. 보라를 진정시켰던 선생이 나중에 진목에게만 해 준 말이었다. 보라가 진목을 제일 따르고 있으니 도와달라고도 했다. 금단현상이라면 진목도 모르진 않았다. 진목 역시 스마트폰 금지가 가장 힘들고 사진을 찍고 싶어 손이 근질근질하니까.

선생의 부탁 때문인지, 보라의 스스럼없는 행동 때문인지 모르겠으나 진목은 보라와 점점 가까워졌다. 동생이 있다면 이런 마음일까 싶기도 했는데, 보라가 안전하고 편안해지도록 돌봐 주고 싶었다. 살아오는 동안 처음 가져 보는 마음이었다.

2주째 접어들면서 디딤센터 생활도 차츰 받아들이게 되었다. 자신이 있을 곳이 아니라는 생각은 여전했지만 단체로 흐르는 시간 속에 자신을 버려두게 되었다. 센터 일정은 아침 산책과 식사, 오전 상담과 치료, 오후 활동과 산책으로 나뉘어 있다. 진목이 볼 때는 모두 노는 시간이었다. 치료란 이름이 붙어 있어서 그렇지 수행 평가 없는 음악, 미술, 체육 수업이었으니 심적 부담이 없었고, 바리스타나 목공예 수업은 재미도 있었다.

저녁을 먹고 나면 자유 시간, 진목은 공부하는 시간이었다. 진목은 공부하고 싶다고, 학교로 돌아가서도 성적만큼은 뒤지고 싶지 않다는 바람을 밝혀 컴퓨터가 있는 독서실을 쓸 수 있었다. 진목은 필기녀가 메일로 보내오는 자료로 교과서를 익히고, 이해하기 어려운 부분은 인터넷 강의로 보강했다. 보라는 이상한 오빠라고 하지만 진목은 외우고, 추리하고, 적용하기에 몰두했다. 여러 가지 수식을 써서 복잡한 계산을 하는 긴장감, 딱 맞아떨어지는 답이 나올 때의 쾌감이 좋았다.

수업 내용이 찍힌 사진을 보며 필기녀를 생각하기도 했다. 삐딱하거나 흐릿한 글씨를 보면 졸음 참는 모습이 떠오르고 자로 잰 듯한 두 줄을 볼 때면 처음이자 마지막으로 나누었던 대화가 떠올랐다. 내가 보내 줄게. 나중에 담임을 통해 진목이 스마트폰을 못 쓴다는 소식을 들었을 때도 짧고 명랑하게 말했다고 했다. 메일 주소 주세요. 죽으라는 법은 없더라면서 엄마가 전해 주었다.

하쿠의 메일도 놀라웠다. 진목이 저지른 일을 모르지 않을 텐데 예전과 다름없이 대하는 것 같았다. 애니나 게임, 애들과 함께한 농구 이야기……. 열 줄도 안 되는 짧은 글이었지만 사흘돌이로 보내는 정성이 새삼스러웠다. 메일이 와도 읽기만 하던 진목은 하쿠가 현장 실습을 나간다는 소식에 답장을 썼다. 축하 인사와 함께 그동안 프로젝트에 변덕 부렸던 미안함도 눙치려 했다. 그런데 간단히 쓰려던 답장이 계속 길어졌다. 다 적고 보니 디딤센터 일과며 담당 선생, 미쳐 날뛰는 애들과 황보라 이야기까지 담겨 있었다. 진목은 자신이 두 시간 동안 쓴 글을 보며 한숨을 길게 쉬었다. 말이 하고 싶었구나, 진목은 무의식적으로 혼잣말을 했다. 자신도 미처 몰랐던 욕구였다.

4주째 월요일엔 산행이 있었다. 진목은 보라와 중학생 세 명과 함께 B그룹이었다. 보라는 몸풀기 스트레칭을 할 때부터 진목 옆에 있었다. 노래까지 흥얼거리며 붙임성 있게 굴었다. 선생이 중도 포기하지 않는 팀에게 통닭을 쏘겠다고 하니 출발 재촉까지 했다. 동네 골목길을 따라 걷는 시작은 평지라 쉬웠지만 얼마 지나지 않아 계단이 나타났다. 끝이 보이지 않은 오르막길을 오르며 너나없이 지쳐 갔다. 겨울이 코앞인데도 기온이 높았다. 몸이 더웠고 벗어 든 겉옷은 거추장스러웠다. 결국 정상을 100미터 남긴 지점에서 중2 여학생이 주저앉아 버렸다. 발가락이 아파 도저히 못 걷겠다고 했다. 선생이 발 상태를 살피고 발가락을 테이핑해 주었다.

"저 언니, 약 끊어서 그래."

진목은 보라의 소곤거림에 귀를 기울였다.

"촉탁의 쌤이 좋아졌다고 하니까 다 나은 줄 아는 바보."

"보라 넌 모르는 게 없다?"

"나도 그래 봤으니까. 지금도 싸우는 중이고……."

그 말에 열없어진 진목은 들고 있던 물병으로 시선을 숨겼다. 기다렸다는 듯 며칠 전 일이 떠올랐다. 아마추어 극단이 찾아와 공연했는데, 학교 폭력과 디지털 폭력에 시달리며 자살 직전까지 갔던 주인공이 다시 일어서는, 그렇고 그런 전개에 빤한 결말이었다. 그래도 조금씩 자신에게 닿아 있는 부분이 있었는지 극이 흐를수록 공감 추임새가 많아지고 훌쩍이는 애들도 있었다.

진목은 채팅방과 동영상 유포 장면을 눈여겨볼 수밖에 없었다. 피해자의 분노와 울음은 그럴싸했지만, 자신은 사진을 찍었을 뿐이지 그걸로 협박하거나 돈거래를 하지 않았으니 극중 인물과는 다르다고 여겼다. 그런데 이어진 산책 시간에 일이 터졌다. 연극 감상을 말하던 중 개인 취향으로 남겨도 될 일을 너무 까발렸다는 진목의 말에 보라가 폭발했다. 보라는 어떤 영적인 기운을 받은 것처럼 되는대로, 거리낌 없이 말했다.

"씨, 이 오빠, 진짜 개념 없네. 그게 범죄가 아니라면 여긴 왜 왔어? 엄마나 여동생이 몰카 당해도 안 들키기만 하면 돼? 오빠는 한번씩 회까닥하고 몸에 칼 대는 나보다 훨씬 나빠. 나는 나만 망치지만 오빠는……"

그때 갑자기 보라가 옆에 있는 나무 둥치로 달려들었다. 나무가 끄떡없자 머리를 박고 발로 찼다. 굵고 매끈한 나무가 진목 대신인 모양이었다. 진목이 당황하여 어쩔 줄 모르는 사이에 선생들이 달려와 보라를 뗐다. 보라는 끌려가면서도 이중인격자, 사이코패스라며 소리쳤다. 엄마와 선생, 의사 앞에서도 냉랭했던 진목이었지만, 그 누구도 아닌 보라의 비난은 적

잖은 충격이었다. 며칠 동안 내내 신경이 쓰였다. 그동안 보라를 챙기고 보살피고 싶었던 마음이 멋쩍었고 앞으로 보라를 어떻게 봐야 할지 고민스러웠다.

"언니, 힘내요."

진목이 회상에 빠져 있을 때 보라는 주저앉은 여학생에게 다가가 사탕을 내밀었다. 보라와 선생의 북돋우는 말에 여학생이 일어났다. 멀뚱히 보고 있던 다른 남자애들도 함께 걷기 시작했다. 진목은 맨 뒤에서 천천히 그들을 따랐다. 누가 시작했는지 노래가 흘렀다. 진목이 아는 노래, 모르는 노래가 쉴 새 없이 흐르다가 어느 순간 환호로 바뀌었다. 정상에 닿은 것이다. 진목도 정상 표지석을 바라보는 순간 가슴 한쪽이 뭉클해졌다.

하산길은 조용했다. 진목은 이번에도 앞서 걷는 애들을 보며 타박타박 걸음을 옮겼다. 그들의 골든타임을 봤기 때문일까? 단지 걷고 있을 뿐인데, 어떤 뿌듯함이 진목의 마음속에도 생기는 것 같았다. 보라의 말이 다시 떠오르고 필기녀도 생각났다. 진목이 찍었던 필기녀 사진이 이 세상에 없다는 게 다행이었고 필기녀가 영원히 그 사실을 몰랐으면 싶었다. 진목은 물을 마시다 말고 물병을 쳐다보았다. 거의 바닥을 보이는 물이었지만 아직 남아 있다는 게 위안이 되었다. 오늘 밤엔 필기녀에게 고맙다는 인사를 보내야겠다고 마음먹었다.

진목은 4주, 보라는 8주 과정을 마쳤다. 차분하게 퇴소 감상을 말하던 보라가 진목에겐 여전히 그네를 탔다. 어른스럽게 축하한다고 말했다가 꼴통 오빠 잘 가라고 할 때는 호들갑스럽기 그지없었다. 선물이라며 스티커와 손 편지를 주었다. 진목도 보라와 헤어지는 게 제일 섭섭했다. 성적인 감정 없이 사람이 사람을, 진심으로 가여워하고 챙겨 주고 싶은 마음을 갖게 한 아이였다. 진목은 보라에게 고맙다고 했다. 겉치레 인사말이 아니라 마음 그대로였다.

어른들은 주차장에서 기다리고 있었다. 검은색 코트를 입은 엄마는 멀리서도 금방 눈에 띄었다. 별안간 진목의 눈시울이 뜨거워졌다. 운동장에 500명이 있어도 너만 보인다는, 어릴 때 많이 들었던 말이 떠올랐다. 나란히 걷던 보라가 엄마, 엄마, 부르며 달려갔다. 그 소리에 왼쪽 나무 아래에 섰던 젊은 여자도 환호성을 지르며 뛰었다. 보라 엄마인 모양이었다. 소란스럽기는 모녀가 매한가지였다. 피식 웃으며 진목은 엄마 쪽으로 천천히 걸었다. 엄마와 눈이 마주치자 오른손을 어정쩡하게 올렸다가 내렸다. 엄마도 부자연스럽게 손을 흔들었다. 예전보다 작고 초라해 보였다. 진목이 알고 있던 밝고 자신감 넘쳤던 엄마는 어디로 가 버렸을까? 진목은 입술을 깨물었다. 자신과 엄마가 너무 멀리 와 버렸다는 걸 이제야 깨달았다.

엄마에게 가까이 다가간 진목은 고개를 숙였다. 축제 이전이라면 안기고 안는 게 자연스러웠겠지만 이제 그럴 수 없을 것 같았다. 엄마 역시 어색했는지 고생했다고 말하며 고개만 끄덕였다.

*

활보는 청소와 빨래 끝에 항상 핸드드립 커피를 내렸다. 침대에서 뭉그적거리던 민철은 그때쯤 커피 향을 좇아 1층으로 내려왔다. 새벽같이 일어나는 문문은 식탁에 차려진 삶은 달걀과 과일로 요기를 끝내고 안마원 계산대에 앉아 머그잔을 두 손으로 싸안았다. 활보는 민철이 나타나면 하던 말을 황급히 멈추고 일어섰다. 그러려고 늘 자기 몫의 커피는 대형 종이컵에 따랐다. 영감님, 내일 올게요. 조수님도 수고해서. 민철은 빠져나가는 활보를 째려보았다. 오늘은 또 뭘 넣어 가는지 가방이 제법 불룩했다. 활보는 치약이나 세제는 물론 과일과 식자재도 마음대로 집어 가는 늙은 여우였다. 꼬리를 싹 잘라야 하는데, 민철은 구시렁거리며 문까지 따라 나가 저만치 내빼고 있는 활보 뒤에 가래침을 뱉었다.

"넌 왜 활보를 못 잡아먹어 안달이야?"

문문이 커피를 마시며 말했다.

"저 아줌마 하는 말 믿지 마세요. 완전 구미호."

"흐흐, 커피 맛있으면 됐다. 활보랑 너랑 말하는 게 비슷한 거 아니? 열 내지 말고 라디오 켜. 곧 손님 올 시간이야."

빛손의 첫 손님은 거의 노인이다. 여기가 아파서 밤새 잠 못 잤어야, 자듯이 죽었어야 했는데 오늘도 살아 있네, 허리가 끊어졌어야, 몇 걸음 걷는 게 천 리 밖 같다……. 늘 같은 말을 하면서 침대에 누웠다. 문문이 침대 옆에 앉아 자세를 잡으면 여기가 아프니 저기를 만져 달라니 요구 사항도 많았다. 문문은 입으로 손으로 어르고 달래 가며 그들이 원하는 대로 만져 주었다. 그런데도 요금은 반만 받았다. 80대 어른에겐 그렇게 받으라 했는데 70대 초반쯤 되는 할머니도 80대라 능치면서 3만 원만 내놓았다. 어떤 노인은 돈이 모자란다며 만 원짜리 한두 장에 천 원짜리 몇 장을 주기도 했다. 민철이 열을 낼 때마다 문문은 그냥 받아 두라고 했다.

손님이 가고 나면 언쟁이 벌어지기도 했다. 문문이 무슨 자선사업가예요? 흐흐, 그렇다 하지, 뭐. 노인은 힘이 덜 드니까 손해도 아니다. 저 할머니, 돈이 없어서가 아니라 뻔뻔해서라고요. 문문 우습게 아는 거예요. 그분한텐 큰돈이다. 저 연세에 나라도 이겨 먹을 수 있으면 좋은 거야. 에이, 마음대로 하세요. 내 돈 나가는 것도 아닌데……. 언쟁의 끝은 대개 켕기는 게 있는 민철의 항복으로 끝났다. 그렇게 현금이 들쭉날쭉 들어오니 민철 역시 한두 장씩 빼서 쓸 수 있었다. 처음엔 심장 떨리는 일이었으나 얼마 지나지 않아 예사롭게 되었다. 활보나 노인 손님에게 유독 열을 내는 건 도둑이 제 발 저리는 심리 때문일 텐데 민철은 자기 마음을 세밀히 들여다보지는 못했다.

"어서 오십시…… 뭐야, 씨이."

문 열리는 소리에 반응했던 민철이 인상을 구겼다.

"잘, 있었니? 안녕하세요. 원장님."

"……아, 민철이 어머니시군요. 어서 오세요."

짧은 순간 상황을 파악한 문문이 자리에서 일어났다.

"아, 씨발……."

민철은 몸에 뜨거운 오물이 끼얹힌 듯 펄쩍 뛰었다. 머릿속

153

이 텅 비면서 욕만 나왔다. 씩씩거리며 몸을 돌리다가 엄마 어깨와 부딪쳤다. 민철은 들고 있던 수건으로 옆구리를 탁탁 치며 밖으로 나가 버렸다.

하릴없이 동네를 걸었다. 길냥이 밥그릇을 차 버리고 왕왕거리는 개를 노려봤다. 그래도 짜증이 사라지지 않아 지나가는 어린애에게 눈을 부라렸다. 인상만 썼을 뿐인데 아이는 얼굴을 일그러뜨리며 엄마 뒤쪽으로 숨었다. 에이 쌍, 몇 걸음 걸어가던 민철은 공원 입구에 서 있는 큰키나무 아랫동을 찼다. 슬리퍼만 신은 발이 시리고 아플 뿐 나무는 끄떡하지 않았다. 민철은 화풀이 대상을 만난 듯이 나무를 때리고 찼다. 얼마나 지났을까, 문득 정신을 차리고 보니 손이 벌겋게 달아오르고 핏방울까지 맺혀 있었다. 저만치 뒹굴고 있는 슬리퍼 한 짝을 신는데 한숨이 나왔다. 삐었는지 부러졌는지 욱신거리던 손목이 대번에 부어올랐다. 민철은 아픈 손목을 붙들며 나무에 기대섰다. 자꾸 헛웃음이 났지만 그래도 가슴이 좀 뚫리는 것 같았다.

"와, 존나 사람 많네."

현에게 다가오며 민철이 말했다. 현이 미리 셀프 바에서 날라 놓았는지, 식탁 위엔 이미 쌈 채소와 소스, 콩나물과 가래 떡 같은 것들이 놓여 있었다. 5인분이 기본이죠? 대패삼겹이 요. 민철이 종업원에게 말하자 현이 덧붙였다. 국, 국산으로 주세요.

"오호, 국산. 난 더 먹을 건데? 지금 겁나 고기 땡기거든."

"얼, 얼마든지."

"뭐야? 네가 밥 샀으니 나도 사겠다, 이거야? 난 그런 거 싫 다. 칼같이 나눠 내자."

"그래, 오늘은 내가 사고 다음부터. 월급 받아 돈 많아. …… 문문 저녁은……."

"너 만난다니까 짜장면 시켜 달래. 젓가락 쥐여 주고 나왔 지."

"……지낼 만해?"

"이제 끝인데, 뭐. 모레 사모님이 돌아와."

문문의 장모님이 끝내 요양병원으로 옮기게 되었다는 말도 덧붙였다. 자식이 번갈아 붙어도 집에서는 노령 환자 돌보기 가 어려운가 보았다. 현은 지나치게 말이 많고 빠른 속도로 먹 는 민철을 쳐다보며 콜라를 따르고 익은 고기를 밀었다. 도대 체 1인분의 기준이 뭐냐, 손님을 돼지로 만드는 것도 아니고.

말장난하고 있어, 쌍. 민철이 툴툴거리며 3인분을 더 시켰다.

볶음밥까지 싹싹 긁어 먹은 후에야 민철은 몸을 뒤로 뺐다. 민철의 양에 비할 바 아니지만 현도 배부르게 먹었다. 민철은 스트레스엔 역시 고기라며 현에게 잘 먹었다고 했다.

카페로 자리를 옮겼을 때 민철은 기분이 꽤 좋아 보였다. 현은 좋은 타이밍을 놓치고 싶지 않아 얼른 말을 꺼냈다.

"워, 워크북 꺼내 봐. 내 거 비교해 가면서 채워…… 넣자."

"꼭 그래야 해? 난 결석 처리돼도 된다니까. 졸업 그까짓 거."

"우리보다…… 우리 워크북 보고 멘토 활동비가 지급된다니까……. 그리고 음, 워크북을 채워 나가면 이게 저금통장 같아. 뭔가 쌓여……."

"저금통장 같은 소리 하고 있네. 뭐, 어쨌든, 내 기록이 있어야 멘토가 돈을 받는다니. 뭐, 뭐 몇 페이지부터? 근데 돈? 우리 따위에게 돈을 들이는 거야?"

"우, 우리 따위란 말은…… 그 말은 좀……."

"지랄, 꼰대 나셨네. 이거 베끼면 되는 거야? 농구는 같이 했으니까. 여기 하쿠와 수달 사인도 있고."

역시 민철은 현보다 머리가 좋고 손도 빨랐다. 현 워크북을 보며 건너뛸 것과 베낄 것을 가려내고 멘토 이름을 보고 그날 있었던 일을 생각해 냈다. 현은 민철의 기분을 살피며 하고 싶은 얘기까지 찔러 넣어 보았다.

"민, 민철아, 문문 사모님 오시면 알바 그만둬야 하는 거 아냐?"

"뭐, 그래도 조금씩 도와달라고는 하지만……. 모르겠어."

"내, 내 일 좀 떼어 갈래?"

"왜? 그 새벽부터 일하는 거 아니었어?"

"아니, 휴일 일은 내가 계속할 거고 음, 음. 평일 10시부터 15시까지."

"월욜 노니까 주당 20시간?"

"마, 맞아."

"넌?"

"학, 학교에 가려고. ……대안 교실에 있더라도 다녀 보려고."

"하이고, 우리 현이 많이 컸구나, 컸어. 지랄, 학교에 꿀 발렸냐?"

말은 그렇게 하면서도 민철은 엄지를 치켜세워 주었다. 마음먹은 말을 무사히 뱉어 낸 현은 자기도 모르게 나비 포옹을 했다. 한결 안정되고 평화로운 기분에 싸여 있는데 민철이 몇 번이나 코를 흠흠거렸다. 할 말이 있다는 뜻이었다.

"오늘 아침에 누굴 만난 줄 아냐? 나 참, 개어이없어서."

"왜왜?"

"아니, 거기가 어디라고 오냐. 야, 근데 인간이 변하긴 하냐? 동네 몇 바퀴 돌고 들어갔더니 글쎄 쪽지를 남기고 갔다네. 보여 줘?"

대답도 하기 전에 민철이 꼬깃꼬깃한 종이를 건넸다. 현은 조심스럽게 종이를 폈다.

— 철아, 미안하다. 모든 게 미안하다. 요즘 병원에 다니는 중이다. 내가 좀 더 나아지면 얘기하자. 못난 엄마가.

현은 눈을 동그랗게 뜨고 읽었다. 쪽지 내용과 민철의 엄마를 연결하기 어려웠다. 워크북을 채워 나가던 민철이 현을 흘깃거리며 말했다.

"미친년, 쇼하는 거 아님?"

"아, 아니. ……너 진짜 듣고 싶어 했잖아. 미안하다는 말."

"뭐, 뭐, 그랬지. ……아냐, 생쇼야, 생쇼. 아님 죽을 때가 됐나?"

"나쁘게만 생각하지 말고. 엄마가 진짜로 미안해……."

"아, 됐어! 걍 내놔."

민철이 쪽지를 휙 낚아채더니 착착 접어 호주머니에 넣었다. 개구진 표정을 보고 있으니 어릴 때 함께 놀았던 장면들이 떠올랐다. 어린 민철이 과거에서 쑤웅 날아와 건너편에 앉아 있는 것 같았다. 기분이 말랑말랑해진 현은 민철을 그윽하게 바라보며 쿠키를 앞으로 밀었다.

나는 나무입니다

겨울이 턱밑까지 다가왔는데도 드문드문 텐트가 보였다. 선작산휴양림 야영장 201호, 202호 나무 덱에도 숙소가 펼쳐졌다. 원터치에 가깝다고 하지만 각종 부품이 한가득이었다. 여러 번 해 봤는지 아까시와 하쿠는 죽이 잘 맞았다. 잡아, 폴 연결, 지퍼부터 올려, 망치를 써야지, 바깥쪽 말고 안쪽으로, 45도 각도……. 아까시는 입과 손을, 하쿠는 귀와 손을 부지런히 움직이더니 집 한 채가 만들어졌다. 호박벌과 아까시가 잠잘 곳이었다. 현과 하쿠가 지낼 텐트 설치엔 현도 투입되었다. 현은 하쿠가 시키는 대로 잡고, 당기고, 넣고, 두드렸다. 제대로 되지 않아 하쿠와 자리바꿈까지 해야 했지만 하쿠는 짜증 내는 법

없이 차근차근 일러주거나 시범을 보였다.

테트 안에 공기 매트와 침구를 폈다. 덱마다 전기 시설이 되어 있어 전기장판까지 깔 수 있는 게 신기했다. 내부가 꽤 넓은데다 돔형 천장이라 답답하지 않았다. 현은 창 지퍼를 열어 보았다. 촘촘한 그물망까지 열자 노각나무 가지가 창에 가득 찼다. 그대로 누워 보았다. 나무우듬지가 보이고 바람을 등에 업은 햇살이 좁게 들어왔다. 만지면 마시멜로처럼 말랑말랑할 것 같았다. 현은 누운 채로 다리를 쭉 뻗고 손 베개를 했다. 눈을 감았다. 햇살과 바람이 코끝을 간질였다. 현은 코를 벌렁거리며 자연의 평화 속으로 빠져들었다.

현은 자기를 부르는 소리에 눈을 떴다. 여기가 어딘가 싶어 잠시 헷갈리다가 얼른 정신을 차리고 텐트 밖으로 나갔다. 테이블을 사이에 두고 호박벌과 아까시, 하쿠가 앉아 있었다. 현은 비어 있는 캠핑 의자에 앉았다. 이미 음식도 차려져 있었다.

"아, 죄, 죄송합니다. 잠, 잠들어 버렸나 봐요."

"아무리 새 텐트가 좋아도 그렇지 몇 시간씩 뻗어 자는 사람이 어딨어?"

"예?"

"놀라는 거 봐, 현, 아냐. 아까시가 놀리는 거야. 30분밖에 안 지났어. 해 떨어지기 전에 파티하자고 빨리 차린 거야. 아까시, 조카와 오붓한 자리에 우리까지 불러 줘서 고마워요. 하쿠! 축하해요."

"아, 예. 감사합니다."

하쿠가 고개를 숙이며 큰 소리로 대답했다. 하쿠는 다음 월요일부터 학교가 아닌 회사로 출근한다. 취업이 확정된 회사지만 일단은 현장 실습으로 시작한다고 했다. 오늘 캠핑은 이모인 아까시가 조카 하쿠의 창창한 앞날을 축하하는 자리인데 현과 호박벌이 끼게 되었다. 첫 조카와 미혼 이모 사이인 둘의 관계는 돈독 그 이상이었다. 그늘 한 점 없는 얼굴, 서글서글하고 자신감 있는 태도는 그냥 나오는 게 아니었다. 어릴 때부터 부모의 사랑에 이모의 사랑까지 얹어 받았으니 가능했다. 하쿠를 보고 있으면 사랑은 받아 본 사람이 할 줄도 안다는 말에 고개를 끄덕이게 된다.

늦은 점심 혹은 이른 저녁으로 고기와 밥을 실컷 먹었다. 한차례 테이블을 정리하자 맥주와 음료수, 과일만 남았다. 기다렸다는 듯 어스름이 내리고 아까시가 전등을 밝혔다. 따뜻하고 밝은 등불을 나뭇가지에 걸자 분위기가 한결 고즈넉해졌다. 하쿠 어린 시절과 부모님 이야기가 한참 이어지다가 공통의 주제인 555 프로젝트로 넘어갔다. 아까시가 호박벌에게 진목인 잘 있냐고 물었다.

"엄마 얘기론 잘 마쳤대요. 집에 돌아와서도 평온하고."

"겉으로 봐서 알 수 있어야죠. 평온한 게 무섭기도."

"그래요. 좀 더 있어 봐야……."

아까시와 호박벌의 대화에 하쿠가 끼어들었다.

"안에 있을 땐 같은 방 쓰는 애들 때문에 힘들었대요. 자해, ADHD는 기본이라고……. 자기가 왜 그 또라이들이랑 같이 있는지 모르겠다고."

"에고, 아직 멀었네. 그런데 하쿠 넌 어떻게 아는 거야?"

아까시가 고개를 갸우뚱하면서 물었다.

"답장을 받았지. 메일 보낸 지 다섯 번 만에."

"와아, 대단하다. 어떻게 그런 생각을 다 했지? 역시 나의 조카……."

"아니, 호박벌이……."

하쿠가 두 손을 앞으로 내밀며 호박벌을 가리켰다.

"아, 아니요. 고민 나누고 의논은 했지만, 하쿠가 정성과 끈기로 한 일이에요. ……진목이 집에 돌아왔지만 계속 수고해 줄 거죠?"

"물론입니다. 곧 만날 거고요. 회사 가더라도 메일 보낼 겁니다. 진목이 글을 실감 나게 써요. 재밌고요."

언제나처럼 하쿠가 씩씩하게 대답했다. 진목이 다녀온 곳을 모르는 현은 가만히 듣고만 있었다. 호박벌과 하쿠가 의논했다는 게 신기했고, 그래도 진목이 하쿠에게 반응해서 다행이다 싶었다.

잠시 침묵이 흐르자 호박벌이 말머리를 돌렸다.

"현, 민철은 어때? 어제 만난다고 했잖아."

현은 갑자기 화살을 맞은 듯 당황했다. 손바닥에 땀이 뱄다. 아까시의 주문을 떠올렸다. 하나, 둘…… 하나, 둘……. 마음속으로 천천히 숫자를 셌다. 그런 다음 숨을 길게 뱉어 내자 확실히 긴장감이 줄어들었다. 현은 천천히 입을 열었다.

"민, 민철인 좋아 보였어요."

뒤이어 문문 사모님이 돌아온다는 것과 엄마가 찾아와 쪽지를 남겼다고 이야기했다. 몇 번의 쉼표가 있었으나 아무도 끼어들지 않고 현의 말을 기다려 주었다.

"아, 드디어 가셨구나. 잘하셨어."

호박벌의 말을 아까시가 받았다.

"민철은 엄마와 완전 상극 아니에요? 어떻게?"

"문문이 고생하셨어요. 민철이 어머니를 여러 번 만나, 그야말로 상담을 찐하게 했어요. 민철이 집에 들인 후엔 전화를 수십 차례 하고요. 결국 정신과 치료도 받게 하시고……."

그런 일이 있었구나, 현은 자신이 몰랐던 일들이 일어나고 있었다는 게 놀라웠다. 날마다 만날 때는 깐깐한 사장님이었는데 지금 보니 555 나나숲을 이끄는 중심이었다. 현은 새삼스러운 눈으로 호박벌을 바라보았다. 현의 시선을 느꼈는지 호박벌은 알 듯 말 듯 한 미소를 띠었다.

짙어지는 어둠과 함께 기온이 급격히 떨어졌다. 아까시가 담요를 하나씩 안겼다. 머리까지 뒤집어쓰는 현과 달리 하쿠는 스타일 구길 수 없다며 무릎만 덮었다. 딱따구리가 나무에 머리 박는 소리, 열매 떨어지는 소리도 들렸다. 풀벌레도 울었다. 현은 관현악 연주를 감상하듯 귀를 기울였다.

"그냥 자기 아까우니 산책할까요? 스마트폰 플래시 정도면 걸을 만해요. 군데군데 가로등도 있고요."

모두 좋다고 했다. 테이블 위를 정리하고 굳은 몸을 일으키려는데 하쿠가 아껴 두었던 마지막 멘트를 날렸다.

"호박벌, 소고기 잘 먹었어요. 이모도 고마워. 첫 월급 타면 제가 쏠게요. 현아, 너도 꼭 와라. 아니다, 진목이, 민철이도 불러야겠다."

"멋지다. 한 달 뒤 또 파티하겠네. 오늘 하쿠의 새출발을 함께해서 나도 영광이었어요."

"네 건강한 에너지로 뭔들 못 하겠어? 아무 걱정 없어. 눈썰미 좋으니까 금방 익숙해질 거야."

호박벌과 아까시의 말에 하쿠가 고개 숙여 인사했다.

"어? 달, 저기는 별."

무의식적으로 뱉은 현의 말에 모두 하늘을 향해 고개를 젖혔다. 흰 달이 떴고 별들이 드문드문 박혀 있었다. 현은 먼 하늘과 가까운 나무를 번갈아 보았다. 바람 같은 게 온몸 세포를 간질이는 것 같았다. 잔물결 같은 게 마음을 이리저리 흔드는 것 같았다. 꼼짝할 수 없는데, 마치 영화 속 장면으로 들어가는 것처럼 신비로웠다.

"겨울이 올 때쯤 보이는 저기가 오리온자리, 그 안에 점 세 개는 삼태성."

아까시가 별을 가리키자 모두 그쪽을 올려다보았다. 끝없는 하늘과 빛나는 별, 눈은 별을 향하고 발은 땅을 딛고 있다. 현은 마음이 울렁거리고 눈시울이 뜨거워졌다. 아무리 세월이 흘러도 결코 잊지 못할, 아름다운 현기증이었다.

호박벌은 아들 침대에 누워 있는 기분이었다. 방이 어두워지면 천장에서 빛났던 달과 별이 생각났다. 그러고 보니 아들 침대에 누워 본 지 꽤 오래되었다. 작년보다 수월하게 가을을 넘겼다는 걸 이제야 알았다. 호박벌은 먼 별이 아들이라도 되는 듯 하염없이 바라보았다.

*

11월의 마지막 일요일, 선작산의 활엽 단풍을 따라 산책길의 붉은 잎사귀들도 거의 물러났다. 이즈음 온몸 빛나는 색으로 숲체원을 지키는 나무는 은행과 메타세쿼이아다. 두 나무는 다른 나무보다 더디게 시작했지만 더 오래도록 단풍을 품었다. 홀로 우뚝한데도 튀지는 않아 이웃한 나목과도 조화로웠다.

오늘 멘토단 회의는 숲 해설 프로그램으로 대체하기로 했다. 아까시가 사계절 동안 진행했던 프로그램이 산림청 공모에 당선된 걸 기념해서였다. 멘토단은 그동안 인터넷 접수가 오픈되자마자 광속 클릭했다는 호박벌의 무용담을 단체 창을 통해 몇 번이나 봐야 했다. 아무튼 아까시의 일을 공유할 수 있는 데다 멘토단도 힐링이 필요하니 두루 좋은 일이었다.

아까시는 인사 나누기와 자기소개는 생략하고 본론으로 바로 들어가겠다고 했다.

"먼저 저를 도와줄 보조 진행자를 소개하겠습니다. 나무와 꽃, 새와 곤충이 깃들어 사는 숲을 좋아하는 친구, 신갈나무입니다."

현이 반걸음 앞으로 나와 목걸이 명함을 들어 보이며 고개를 숙였다. 어제 교육받은 대로였지만 쏟아지는 박수 소리는 어색했고 민철과 하쿠의 휘파람엔 민망하기까지 했다. 민철은 문문의 활보로 왔다고 했다. 현은 두 사람이 자꾸만 신경 쓰였는데 아직 별다른 일이 생기진 않았나 보았다. 그렇지 않고서는 두 사람 다 저렇게 태연할 수 없었다.

"숲에는 여러 종류의 생명이 깃들어 있습니다만 오늘은 나무에 집중해서 '나는 ○○나무입니다' 프로그램을 진행하겠습니다. 미리 말씀드렸던 식물 드레스 코드는, 아, 역시 생애 첫 직장 출근을 앞둔 하쿠의 의상은 오늘도 예상을 뛰어넘는군요. 오호, 호박벌은 동백꽃 손가방으로, 수달 가슴팍엔 앙증맞은 나무 한 그루 있군요. 문문은?"

그러자 문문은 스마트폰 웨어러블을 들어 보였고 민철이 워치 바탕을 꽃으로 바꿨다고 덧붙였다. 호박벌이 신세대는 다르다는 말과 함께 손뼉을 쳤다. 수달과 하쿠도 민철을 향해 엄지를 들어 올렸다.

"예. 협조해 주셔서 감사합니다. 오늘 프로그램은 무장애길 걷기, 나무 시 감상, 나는 ○○나무, 메타세쿼이아 숲 맨발 걷기 순서로 진행됩니다. 안전사고 예방을 위해 정해진 길만 다녀 주시고 선두인 저를 앞지르지 마십시오. 보조 진행자 뒤쪽으로 처져서도 안 됩니다. 우리는 숲의 주인이 아니라 숲 기운을 잠시 누리는 손님이니 손님의 예의를 지켜 주세요. 약상자가 필요할 땐 말씀해 주시고 화장실은 지금 다녀오십시오."

아까시, 호박벌, 수달, 하쿠, 문문과 민철, 현 순서로 무장애길을 걸었다. 계단 없는 나무 덱 길이라 특히 문문이 좋아했다. 그동안 좀 심심한 길이라고 생각했던 현은 부끄러웠다. 숲체원은 문문 같은 분도 충분히 누릴 수 있어야 한다는 걸 이제야 깨달았다.

"눈 감고도 걷겠다. 이럴 줄 알았으면 무면허 놈에게 빌붙지 않아도 될 뻔했네."

"정말이죠? 지금 가 버릴 수도 있어요. 대신 이미 들어온 알바비는 환불 안 됩니다."

"아이고, 무서워. 여러분, 내가 이러고 삽니다."

모두가 소리 내 웃었다. 민철은 오늘따라 기분이 꽤 좋은 것 같았다. 욕설은 물론 급한 성질을 부리지 않았다. 수달과 농구 얘기를 신나게 했으며 하쿠에게도 시비 걸지 않았다. 조마조마했던 현의 마음도 펴지는 것 같았다.

아까시가 비목나무 앞에서 걸음을 멈추고 이파리 몇 장을 뗐다. 현은 낙엽 중에서 비교적 깨끗한 이파리를 주웠다. 아까시가 잎을 나눠 주며 비벼서 향을 맡아 보라고 했다. 현도 문문과 민철에게 건네며 시범을 보였다. 알싸하다, 향긋하다, 약간 비린 거 아냐…… 모두 한마디씩 보탰다.

아까시나무, 소나무, 산벚나무, 노각나무, 층층나무를 지났다. 이제 이름표 없이도 수종을 구별할 수 있게 된 현은 저 혼자 뿌듯해져 문문에게 나무 이름을 말해 주기도 했다.

"나이가 들어서 그런가, 난 숲에만 오면 기분이 좋아져."

호박벌의 말을 아까시가 받았다.

"나이라기보다 인간의 특징이 그렇다고 하네요. 40억 지구 역사를 1년으로 환산하는 재밌는 비유가 있어요. 10월 중순까지가 박테리아 시대이고 11월에 비로소 싹과 가지, 뼈와 뇌가 있는 생명체가 나타난대요. 12월 31일 밤 11시에 수렵 채집하는 인간이 나타나고 58분에 농업 발명, 11시 59분에 문명이 시작되죠."

"오호, 그래요?"

"결국 인간 삶의 대부분이 수렵 채집인이었다는 거잖아요. 그러니 자연 속에서 편안함을 느끼는 거예요. 한마디로 자연을 사랑하는 유전자가 각인되어 있다는 건데 바이오필리아 이론이라 해요. 숲이랑 우리 몸 코드가 일치한다는 사바나 이론이란 것도 있어요."

"역시!"

하쿠가 엄지를 치켜 올리자 모두 고개를 끄덕였다.

아까시가 일행을 반원 광장으로 이끌었다. 체험 활동을 진행하는 테이블과 벤치도 있었다. 일행이 자리 잡고 앉자 아까시의 눈짓을 받은 현이 여러 편의 시가 인쇄된 유인물을 꺼냈다. 헉, 이게 뭐예요? 쉬는 줄 알았는데, 공부는 원체 안 친해서, 어머, 내가 좋아하는 시네……. 반응이 다양했다.

"금방 지나온 길에 있었던 나무를 제재로 쓴 시들을 가져와 봤어요. 도종환의 「산벚나무」, 황지우의 「소나무에 대한 예배」, 김용택의 「선운사 동백꽃」, 나희덕의 「쓰러진 나무」인데 한 편씩 읽겠습니다. 수달부터?"

수달이 「소나무에 대한 예배」를, 호박벌이 「쓰러진 나무」를 선택했다. 아까시가 각자 꼭 맞는 시를 고른 것 같다며 미소 지었다. 뜻밖에 문문이 「선운사 동백꽃」이라면 예전부터 아는 시니까 외워 보겠다고 했다. 듣기 좋은 중저음으로 출발했는데 뒤로 갈수록 점점 장난기가 뱄다. 여자에게 버림받은 화자가 선운사 화장실에서 엉엉 우는 이야기를 실감 나게 읊었다.

문문의 낭송이 끝나자 박수가 터졌다. 민철은 손가락을 입에 넣어 휘파람 같은 소리를 냈다. 100편쯤 외우고 있다는 말은 더 놀라웠다. 현은 문문을 더욱 우러러보게 되었다. 영화도 책도 다 소리로 듣기 때문에 가능하다고 했지만, 존경심은 흔들리지 않았다.

무장애길이 끝나기 직전에 시를 한 번 더 읽었다. 다시 유인물을 꺼내 돌렸을 뿐인데 호박벌이 뛰어난 조교라며 현을 추켜세웠다. 되지도 않은 말이지만 기분은 좋았다. 이번엔 조태일의 「단풍」, 곽효환의 「늙은 느티나무에 들다」, 도종환의 「노란 잎」, 신경림의 「나목」이었다. 방금 지나온 단풍나무, 느티나무, 은행나무가 주인공인 시였다. 이번엔 아까시, 하쿠에 이어 현과 민철도 읽었다. 현은 여전히 버벅거렸으나 아무도 재촉

하지 않고 기다려 주었다. 민철은 훨씬 잘 읽었다. 민철이 「나목」의 마지막 구절을 읽자 문문이 그대로 반복했다. 외우고 있는 100편 중의 한 편이었나 보았다.

잠시 뒤 아까시가 흠흠, 헛기침과 함께 말문을 열었다.

"여태 만난 방문자 중에 가장 훌륭한 팀이에요. 멋집니다. ……지금까지 우리가 스쳐온 나무가 주인공인 시를 여러 편 읽어 보았는데요, 사실은 나무를 빗댄 사람 이야기인 걸 짐작하셨을 거예요. 그래서 이제 '나는 ○○나무입니다' 순서로 넘어가려고 합니다. 방금 읽어 보신 시를 참고하셔도 좋고요, 좋아하는 나무나 닮고 싶은 나무를 선택해서 이야기해 주시면 됩니다. 나 자신 혹은 나의 지향점을 점검해 볼 수 있을뿐더러 서로 소통하는 의미도 있으니 다들 진지하게 말씀해 주시더라고요."

"해설가님, 간식 먹으면서 고민해도 됩니까?"

호박벌이 유치원생처럼 손을 들어 초등학생처럼 씩씩하게 물었다.

"호호, 당연히 그러셔도 됩니다."

아까시의 말이 끝나자마자 호박벌은 수달에게 맡긴 가방을 열었다. 수달과 함께 현이 나서서 김밥과 깎은 과일, 과자와 음료수를 늘어놓았다. 바쁘게 움직인다고 호박벌과 아까시의 흐뭇한 미소는 보지 못했다. 먹거리가 차려지자 하쿠가 덩치에 걸맞지 않은 빠른 스피드로 달려들었다. 문문 손에 과일과 음료수를 쥐어 주는 민철에게는 감탄이 쏟아졌다. 칭찬을 애피타이저로 먹은 민철은 비시시 웃으며 느긋하게 충무김밥을 집었다.

"자, 이제 간식까지 드셨으니 발표해 보도록 하겠습니다. 순서는 저부터 시작해서, 요렇게 돌아가도록 할게요. 자, 그럼 ……나는 아까시나무입니다."

"앗, 아까시, 뭐예요?"

"그렇군. 나도 처음부터 나무 이름으로 할걸. 이런 날이 올 줄 몰랐어."

수달과 문문이 토를 달자 다른 사람들도 웃었다.

"나는 아까시나무입니다. 아까시나무는 이름조차 잘못 불리고 여러 오해도 받지만 꿋꿋하게 자기 자리를 지킵니다. 뿌리 내린 땅을 기름지게 해 이웃 나무와 친하고, 하얀 꽃으로 벌을 불러들여 꿀을 만듭니다. 연인들이 가위바위보 놀이할 때면 기꺼이 잎도 내줍니다. 저 역시 이런 삶을 살고자 애쓰는 중입니다. 그래서 나는 아까시나무입니다."

모두 손뼉을 쳤다. 오늘 가장 많이 하는 일이 박수와 감탄, 칭찬이었다. 현의 순서는 마지막인데 벌써 가슴이 두근거렸다. 현은 부러운 눈길로 막 목청을 가다듬는 호박벌을 바라보았다.

"나는 노각나무입니다. 이름이 사슴뿔 혹은 백로의 다리에서 유래하는, 딱 봐도 기품 있는 나무입니다. 나무껍질이 저절로 조각조각 벗겨지고 남은 수피는 피부 미인으로 불릴 만큼 매끄러워요. 삶이 구질구질하다 싶을 때 저는 노각나무를 배우고 싶다는 생각을 많이 합니다. 자기에게 속했던 껍질이지만 미련 없이 떨어내니까요. ……음, 목재가 섬세하고 치밀해서 제기로 만들어 썼대요. 죽은 이에게 바치는 음식을 담는다 생각하니 노각나무가 이승과 저승을 잇는 나무 같더라고요. 그리 생각하니 신령스럽고요. ……흐흐, 말하고 보니 '나는 노각나무를 좋아합니다'가 돼 버렸네요."

"아니, 어쩜 그렇게 잘 알아요? 그 나무를 몰랐던 게 안타까울 지경이네. 보이지 않아도 아는 건 기억하니까."

"문문. 인터넷에 다 나와요. 예전부터 좋아하던 나무라서 검색한 거예요."

다시 박수와 웃음이 한바탕 지나가고 수달 차례가 되었다.

"저는 여태껏 나무 이름을 생각해 본 적이 없어요. 그냥 모두 나, 무. 그런데 오늘 아까시 말씀 들어 보니 제게도 나무와 숲을 좋아하는 유전자가 있겠구나 싶어 앞으로 친해 보려고 합니다. ……나는 감나무입니다."

"오, 감나무, 좋지."

호박벌이 말하고 아까시가 고개를 끄덕였다. 수달은 관중의 반응을 보는 연예인처럼 잠시 말을 끊었다가 다시 이었다.

"제가 초등학교 때 얹혀살았던 친척 집 마당에 있던 나무예요. 아무리 어려도 구박받는 건 알거든요. 그럴 때마다 비틀어지고 터실터실한 감나무 아래로 숨었는데, 그나마 그 자리가 편한 거예요. 감꽃도 많이 먹었어요. 아무리 먹어도 배부르진 않지만 그러면서 허기를 달랬던 거죠. ……가을이면 떨어진 감을 먹었으니 더 좋았고, 아, 단풍도 참 예뻤어요. ……아는 게 감나무밖에 없어서이기도 하지만 감나무처럼 살아도 되겠다 싶어요. 그래서, 나는 감나무입니다."

현은 산책길에서 수달이 했던 말을 떠올렸다. 그때 수달은 사람주나무 단풍을 보며 감나무보다 더 붉다고 했다. 비로소 그 말이 이해되어 현은 고개를 끄덕였다.

"와, 다들 너무 잘하셔서…… 저는 간단히 말씀드리겠습니다. 나는 메타세쿼이아입니다. 고백부터 하자면, 이름은 오늘 알았습니다. 쭉쭉 뻗은 삼각형 모양이 멋지지 않습니까, 이름도 간지 나고요. 전체적으로 우람한데 잎은 의외로 부드럽더라고요. 무엇보다 마음에 드는 건, 함께 모여 있는 게 좋아요. 저도 그렇게 살고 싶거든요. 우람하되 부드럽게, 여럿이 함께 즐겁게! 이상입니다."

하쿠의 발언과 박수 소리가 가라앉자 문문이 이어 말했다.

"나도 짧게. 나는 느티나무입니다. 어릴 때 동네 입구에 있었던 큰 느티나무, 거기서 불알친구들과 해질 때까지 놀고 장사 나간 엄마를 기다렸어요. 아버지 노제도 치르고……. 지금도 가끔 꿈에 나타나요. 그늘 넓은 느티나무처럼 살고 싶었는데 이룬 것 없이 나이만 먹어 버렸네요……. 뭐, 그래도 지금부터 느티나무처럼 살면 되겠죠? 어쨌든, 나는 느티나무입니다."

문문의 말이 끝나자 하쿠가 물었다.

"저, 문문 연세에도 부모님이 그리우세요? 문문이 엄마라 하시니 이상해요."

"호호, 그런가. 부모, 자식은 영원한 거야. 나이는 물론 죽살이 와도 상관없더라고. 호호, 오래도록 살아들 보셔. 내 말 실감 날걸."

현은 입을 비죽이며 쏘아붙이려는 민철을 보았다. 역시 한
마디 하겠구나 싶었는데 아까시가 민철이 순서라고 하자 표정
을 고쳤다.

"갑자기 생각한 거라, 아는 게 이거밖에 없기도 하고……. 나
는 은행나무입니다. 아까 현이 읽었던 「노란 잎」이라는 시, 그
뭐냐, 은행나무도 우리도 가을에는 혼자 감당해야 하는 것들
이 있다……. 그냥 나한테 와닿았어요. 이유는…… 앞으로 생
각해 보려고 합니다. 이상입니다."

"은행나무는 버릴 게 없어. 그늘 좋고 단풍 예쁘지, 열매 먹
고 낙엽은 방충제로 그만이야."

"우리 민철이도 그렇게 될 거야."

아까시와 문문의 말을 들으며 현은 더욱 초조해졌다. 감동
하며 듣다 보니 어느새 마지막까지 오고 말았다. 모든 시선이
현에게 쏠렸다. 현은 숨을 크게 쉬었다. 아까시가 미소 지으며
가슴 앞으로 주먹을 쥐어 보였다.

"나, 나는 신갈나무입니다. 음, 신, 신갈나무는 참나무 6형제
중 가장 많아요. ……아주 천천히 자라지만 햇빛이 없어도 살
고 높은 산도 마다하지 않아요. 참은 진짜, 그러니까 참나무는

진짜 나무입니다. 도토리로 숲 동물과 곤충을 먹여 살리고, 음, 옛날 사람들은…… 짚신 만들 때 이 나뭇잎을 깔았대요. 그래서 신갈이란 이름도 얻었다고……. 감, 감사합니다."

"그렇지, 사공현이야말로 진짜배기지."

문문의 말에 모두 한입으로 맞다 했지만 현에겐 위로하는 말로만 들렸다. 생각과 달리 앞뒤 없이 버벅거리기만 한 말이 후회스러웠다. 제대로 한 게 없으면서도 다리가 풀리고 맥이 하나도 없었다. 아까시의 정리 발언은 제대로 귀에 들어오지 않고 맨발 걷기 장소로 이동하자는 말만 간신히 알아들었다.

아직 길이 멉니다만

하쿠가 집에 들어섰을 때 엄마는 맥없이 화분을 바라보고 있었다. 아들 낳을 때 선물로 받아 애지중지 여기던 벵갈고무나무다. 태어나면서부터 봐서 그런지 넓고 둥근 잎으로 베란다 한편에 붙박인 듯 서 있는 그 나무는 하쿠에게도 오래된 식구처럼 익숙했다.

하쿠는 거실을 가로질러 가서 엄마를 안았다. 고등학교 입학 이후 기숙사 생활할 때부터의 습관이었다. 그때 하쿠는 주로 금요일 밤에 집에 왔다. 방과후 수업이나 동아리 활동을 마치고 교문을 나서면 늘 아빠가 기다리고 있었다. 밥 냄새가 고소하게 퍼지는 집에서는 엄마가 국자나 뒤집개를 든 채 달려

나와 하쿠를 반겼다. 뒤따라 들어온 아빠가 아따, 남이 보면 칠월칠석 견우직녀라 하겠다고 핀잔을 던지면 엄마는 아들 없는 일주일이 1년이라며 대꾸했다. 가족이 완전체로 만나는 금요일 밤은 오래도록 웃음이 퍼지고 말이 끊이지 않았다.

회사 생활 후로는 토요일 밤에나 간신히 집에 올 수 있었다. 대기업 취업이라고 좋아했는데 발령지가 육가공 공장이었다. 햄이나 소시지를 포장하고 나르는 일에 투입되어 주 5일 근무는커녕 야근과 특근도 밥 먹듯 했다. 하쿠가 원하는 게임 프로그래머와는 0.1도 연관 없는 일이었으나 밑바닥부터 차근차근 배우다 보면 몇 년 내로 본사로 올라간다는 말을 믿어야 했다. 취업한 지 아직 한 달도 안 되었는데 하쿠는 인생의 밑바닥에 닿은 심정이었다.

"아, 우리 오 여사님, 날씬해지셨어?"

하쿠가 팔을 풀자 엄마는 하쿠의 얼굴을 만지고 몸을 한 바퀴 돌렸다.

"무슨, 네가 야위었어. 이게 뭐냐, 얼굴이 한주먹도 안 되겠다."

"에이, 90킬로 아들에게 무슨……. 어? 고무나무가 거실로 들어왔네."

하쿠가 얼른 화제를 바꾸었다. 그런데 나뭇잎이 이상했다. 크고 두툼하고 광택이 났던 이파리가 초록색마저 잃고 처져 있었다. 엄마의 얼굴도 근심이 가득했다.

"해마다 잘 견뎠는데 하루 추위에 이리될 줄 몰랐어. 첫추위다 할 때 얼른 챙겼어야 했는데 호들갑으로 여겼지 뭐야."

어지간히 속이 상한 모양이었다.

"아이고, 또 자아 반성이야? 괜찮아. 20년이나 잘 컸는데, 잎사귀 몇 개 얼었다고 죽지 않아."

엄마 눈치를 살피며 아빠가 말하는 중에 초인종이 울렸다.

"앗, 치킨이다. 여보, 난 맥주. 아들, 빨리 졸업해라. 진하게 한잔하자."

"에구, 때 되면 어련히. 소원도 참 소박하십니다."

아빠와 엄마가 말을 주고받으며 식탁을 차렸다. 하쿠도 흥겨운 분위기를 맞추고 싶었다.

"맥주 콜, 졸업은 안 했지만 이제 사회인이에요. 완전 사회인."

"그래도 아직 술은 아닙니다요."

엄마가 닭다리를 건네며 끝말을 길게 뺐다. 하쿠는 그동안 마셨던, 마실 수밖에 없었던 독주를 떠올렸다. 머리가 복잡하고 생목이 올라왔지만, 지금은 아니다 싶어 입을 닫았다.

하쿠의 입사 동기 세 명 중 현장 실습생은 하쿠와 민수였다. 자연스럽게 나이가 많은 정태가 팀장이 되었다. 이곳은 나이가 서열이었고 규율이 엄격했다. 동기라고는 하나 민수는 학교가 달라 하쿠는 외로웠다. 좋은 성적으로 마이스터고에 입학했고 전문 교과 수업은 물론 동아리 활동도 다양하게 했는데 사회는 전혀 다른 세상이었다. 첫날부터 근무 시간이 길고 일이 고됐다. 더 견딜 수 없는 건 사람이었다. 욕설이 기본이었고 휴식 시간엔 담배를 억지로 피우게 했다. 회식은 더욱 괴로웠다. 강제로 술 마시고 노래 부르고 다른 사람 앞에서 춤까지 추게 했다. 2차를 안 간다고 했다가 정태에게 누구는 좋아서 하느냐, 일단 들어가 마시라는 말을 들었다. 그래도 싫다고 해서 귀싸대기를 맞았다. 신입 사원 연수 때 배웠던 비즈니스 에티켓은 그 어떤 동료에게도 찾을 수 없었다.

일주일 전 선배들끼리 주먹다짐이 벌어졌다. 회식 2차를 가던 길이었고 이유는 알 수 없었다. 본능적으로 하쿠와 민수가 말렸는데 싸움을 지켜보고 있던 3년 차 선배가 정태를 나무랐다. 애들 관리를 어떻게 하냐는 욕을 듣고 뺨을 맞은 정태가 하

183

쿠와 민수에게 엎드려뻗치라고 했다. 하쿠가 머뭇거리자 옆구리로 발차기가 들어왔다. 정태는 내가 왜 너희들 때문에 맞아야 하냐며 욕을 퍼부었고 엎드린 하쿠와 민수를 밀치고 밟았다. 민수는 입술이 터져 피가 났다.

오밤중에 기숙사로 돌아온 하쿠는 억울해서 잠을 잘 수 없었다. 당장 학교로 돌아가고 싶었지만, 중도 하차는 반성문에 징계를 받아야 하니 불가능한 선택지였다. 하릴없이 옥상에 올라가 트위터 친구와 메시지를 나누었지만 분한 마음이 가라앉지 않았다. 수달이 생각나 통화 버튼을 눌렀으나 받지 않았다. 바쁘고 힘든 수달에게 징징거리는가 싶어, 그냥 안부 삼아 전화했으니 잘 지내시라는 메시지를 남겼다.

다음 날 출근하자마자 정태가 눈을 부라리며 하쿠와 민수를 닦달했다. 정태는 그때부터 아침저녁으로 협박했는데 인사계에 말하면 죽인다고 했고, 부서나 회사를 옮겨도 가만두지 않겠다고 했다. 휴식 시간, 분노에 사로잡힌 하쿠는 민수를 데리고 옥상으로 올라갔다.

"민수야, 인사계에 가서 말하자. 이건 아니잖아."

"정태 형 무서운 사람이야. 선배들은 또 어떻고. ……나는 입맛대로 회사를 고를 수 없어. 빨리 돈을 벌어야 해. 군대랑 생각하며 참을 거야."

민수가 담배 연기를 길게 뿜으며 답했다. 능숙하게 피는 담배 때문인지 하쿠보다 어른스러워 보였다. 옥상 아래로 3년 차선배와 정태가 지나가고 있었다. 멀리서 보는 것만으로도 하쿠는 손이 떨리고 숨이 막혔다. 학교 다닐 때는 긍정적이고 인내심 있다, 착하고 기다릴 줄 안다는 칭찬을 받았던 하쿠였는데 이제는 순진하고 멍청하게, 개처럼 일만 해야 했다. 미칠 것같았다.

창으로 쏟아지는 햇빛에 눈이 부셨다. 하쿠는 눈을 뜨고도한참 동안 누워 있었다. 모처럼 푹 자고 일어나 몸이 개운했고마음도 눅어지는 것 같았다.

거실로 나오니 엄마가 밥 먹자고 했다.

"아직 안 드셨어요?"

"간밤에 치킨 먹은 게 지금까지 든든해. 일부러 안 깨웠고. 아침에 살짝 들어가 봤더니 잠꼬대까지 하고 자더라. 일이 많이 힘들어?"

"아빠는?"

"동네 분들이랑 등산. 너 가기 전에 오신다 했어."

된장찌개를 뜨던 하쿠가 갑자기 숟가락을 놓치며 얼굴을 일그러뜨렸다. 갑자기 쏟아지는 눈물에 스스로 당황하였지만 참을 수 없었다. 놀란 엄마가 하쿠 앞에 섰고 하쿠는 엄마 허리를 껴안고 더 크게 울었다.

하쿠가 눈물을 그치길, 무슨 말이라도 해 주길 기다리는 동안 엄마는 온갖 생각이 나고 애가 탔다.

"엄마, 너무 힘들어. 하루 열 시간 일하는 건 아무것도 아냐. 지난주처럼 일요일 특근도 감수할 수 있어. 그런데 맞는 건 못 참겠어."

하쿠에게 구타 사건을 듣고 있는 엄마의 가슴이 벌렁거리고 손이 떨렸다. 신입 사원 연수 때만 해도 성숙하다, 패기 있다, 당차다, 말도 잘한다는 칭찬을 받았다며 좋아했는데 몇 주 만에 이게 무슨 일인가 싶었다. 집에서나 학교에서 한 번도 맞은 적 없는 아들이 그런 일을 당하다니, 믿을 수 없었다. 당장이라도 달려가 팀장이란 놈의 멱살을 틀어쥐고 싶었다. 한편으로는 아들이 너무 귀하게 자라 세상 물정을 모르는가 싶었다. 사회에 내디딘 첫발인데 첫발부터 실패하면 어쩌나 걱정되기도 했다.

"엄마, 출근하기 싫어. 그 형님, 우릴 때려 놓고 날마다 소리

치고 협박해. 인사과 가면 죽여 버리겠다고 해……."

엄마는 아들 따라 눈물짓고 팀장 욕을 한 바가지 퍼부었다. 그렇다고 당장 때려치우라고 말할 순 없었다.

"어쨌든 회사엔 말해야 해. 조처해 달래야지. 담임 쌤은 아셔? 학교는 뭐 해?"

장인 양성한다더니 학교가 공돌이 만드는 데였냐고, 당장 달려가 따지고 싶은 마음을 참으며 엄마는 다시 말했다.

"말하기 힘들면 회사든 학교든 우리가 연락할게."

"아, 무섭단 말이야. 지금도 그 형님이 소리치고 때리는 게 떠올라."

"형님은 무슨, 네가 이리 착하니 만만하게 보는 거야. 그래도 힘들게 들어갔는데……. 회사 관두고 싶니?"

"그럴 수도 없어. 학교 가면 징계받아. 다시 취업처 받기도 어려울 거고 쌤들에게 책임감 없다는 말 듣기도 싫어. 내 자존심이 허락지 않아. ……아, 모르겠어, 엄마, 이럴 수도 저럴 수도 없어."

따뜻하던 집 안의 온기가 순식간에 식었다. 부모의 걱정 어린 시선이 보태지며 하쿠의 마음은 더 무거워졌다. 말하지 말걸 하는 후회도 잠시, 결국은 혼자 해결할 수밖에 없다는 결론에 몸이 떨렸다. 하쿠는 담임에게 전화를 걸었다. 그간의 상황을 모두 들은 담임은 그 팀장이 요즘 세상이 어떤지 너무 모른다면서 말을 이었다.

— 인사 담당자와 통화할게. 아니다, 내일 당장 내가 회사로 가야겠다. 네가 겪은 일을 모든 걸 이야기해서 바로잡도록 할게.

— 아, 선생님. 조용하게, 어떻게 알리지 않을 방법은 없을까요? ……두려워요.

— 걱정하지 말고 나한테 맡겨. 그런 부류는 개선의 여지가 없어. 약하게 굴수록 피해는 더 커져. 다른 회사에서도 그냥 넘어갔다가 피해당한 사례가 있어. 음, 나도 이제 알겠어. 참는 게 잘하는 것이 아니야…….

전화를 끊고도 마음이 안정되지 않았다. 담임을 못 믿어서가 아니라 담임이 해결할 수 없는 일이었다. 회사를 떠나지 않는 한, 아니 그만두더라도 그의 손아귀에서 벗어날 수 없을 것 같았다.

저녁 늦게 아빠가 회사까지 바래다주었다. 아빠는 고참에게 시달렸던 군대 이야기며 사회 초년병의 어려움을 에둘러 이야기했다. 지내다 보면 내성도 생기고 요령도 생길 거라고 했다. 그래도 하쿠는 그저 참고 참는 게 세상 물정이라면, 이런 마음으로 견디고 견뎌야 한다면 도대체 살아간다는 게 무슨 의미가 있을까 싶었다.

일요일 밤 12시, 크리스마스 날이다. 1년 전 오늘 하쿠는 학교 기숙사에서 케이크를 자르고 컴퓨터로 영화를 보며 친구들과 낄낄거렸다. 나중에 돈 벌면 양복 빼입고 큰 영화관에서 만나자고, 여자 친구 없으면 누나나 여동생이라도 데리고 나오자며 약속했는데 1년 뒤 이렇게 처참한 기분이 될 줄 몰랐다.

내일 회사에 온다는 담임의 말이 내내 머리에서 맴돌았다. 하쿠는 담임에게 문자메시지를 보냈다. 선생님…… 저, 무서워요……. 인사과에서 알게 되고 정태가 어떻게 반응할지 상상만 해도 끔찍했다. 정태 손에 죽을 만큼 괴롭힘을 당하느니 차라리 죽는 게 편할 것 같았다. 하쿠는 가까이 다가오는 거대한 밀물을 피하듯 기숙사 옥상으로 올랐다.

트레이닝복을 뚫고 찬바람이 들어왔지만, 이상하게 춥지 않았다. 하쿠는 이쪽 끝에서 저쪽 끝까지 기계적으로 오갔다. 선생님, 오시지 마세요. 하쿠는 메시지를 입력했다가 지우기를 반복했다. 머지않아 날이 새고 출근해야 한다고 생각하니 신경이 바짝 서고 마음이 조급했다.

난간에 걸터앉아 수달에게 전화를 걸었다. 짐작대로 편의점 알바 중이었다. 하쿠는 수달에게도 그동안 있었던 일을 말했다. 수달 역시 그런 부류는 강한 데 기고 약한 데 등친다면서 절대 혼자 해결할 수 없다고 했다. 그러니 담임에게 이야기하기 잘했다고 했으며 여차하면 자신도 달려와 주겠다고 했다. 정태와 수달의 차이는 무언지, 수달 같은 동료를 만났으면 좋았을걸…….

손님이 왔다며 전화를 끊었던 수달이 다시 전화를 걸어왔다. 몇 마디 나눈 뒤에 숙소로 내려가 잠을 자라고 다독였다. 하도 간곡하게 말해 하쿠는 옥상 철문을 닫는 소리를 전해야 했다. 하쿠는 어두운 계단을 하나씩 하나씩 밟고 내려갔다. 방이 아니라 지옥이 기다리는 것만 같았다.

메시지 들어오는 소리에 퍼뜩 정신이 들었다. 아침 7시, 그 사이 두어 시간 잠들었나 보았다. 머리가 묵직하게 아프고 정신이 몽롱했다. 하쿠는 스마트폰을 열었다.

— 출근 준비하니?

— 예, 나가는 중이에요.

엄마에게 메시지만 보내 놓고 하쿠는 다시 누웠다. 오늘 낮에 벌어질 일이 그려지자 다시 가슴이 벌렁거렸다. 차라리 맹장이 터지거나 다리가 부러지면 좋겠다고 생각했다.

하쿠는 다시 옥상으로 올라갔다. 희붐한 아침노을이 시작되고 있었다. 오늘만큼은, 오늘 같은 아침이라면 영원히 오지 말았으면 좋겠다. 하쿠는 스마트폰을 꺼내 생각나는 대로 메모했다.

— 너무 무섭다.

— 제정신으로 회사에 다닐 수 없다.

— 엄마, 아빠. 이대로 끝내고 싶지는 않지만…….

하쿠는 눈을 감고 호흡을 가다듬었다. 신발을 벗었다가 물끄러미 바라보다가 다시 신었다. 옥상 끝에 서서 손톱을 깨물었다.

그때 멀리서 흰색 차량이 회사 쪽으로 점점 다가왔다.

"애앵, 애애앵, 애애애앵……."

사이렌 소리가 점점 커지고 가까워졌다. 뭐지? 느낌이 이상했다. 하쿠는 목을 빼고 아래쪽을 봤다. 회사 정문으로 들어오는 건 구급차였다. 차에서 내린 흰옷 입은 대원 두 명이 들것을 들고 기숙사 건물 안으로 들어왔다. 잠시 망설이던 하쿠는 몸을 돌려 옥상 출입구 계단을 내려왔다. 사이렌 소리에 잠을 깼는지 몇몇은 복도로 나와 있고 무슨 일인지 묻는 직원도 있었

다. 들것을 발견한 하쿠는 그 뒤를 쫓아갔다. 들것은 1층 출입
구 쪽으로 향하고 반대편에서는 회사 점퍼를 입은 관리자들이
뛰어오고 있었다.

계속 모여드는 사람들 틈으로 하쿠는 들것에 누운 얼굴을
보았다. 흡, 하쿠는 제 숨을 틀어막으며 뒷걸음질을 쳤다.

민수였다. 짧은 머리칼, 때 절은 청바지……. 민수가 맞았다.

*

아까시는 잔뜩 긴장한 하쿠와 병원 로비로 내려갔다. 말을
나누고 있던 권 노무사와 지역 신문 기자 몇이 자리를 내주며
민수의 상태부터 물었다. 아까시는 가슴에 손을 대고 숨부터
크게 쉬었다.

"다시…… 심정지가 와서 심폐 소생, 간신히 했습니다."

"지금은요?"

"중환자실에 있어요. 산소호흡기로 간신히 버티고 있습니
다."

"이모님이라 하셨나요? 그동안 보내 주신 보도자료 외 하실

말씀 있으신지요?"

"아, 저는 민수 학생과 함께 일하고 있는 현장 실습생의 이모입니다."

"그렇습니까? 그런데 왜?"

마땅한 질문이 아니었다. 하쿠가 발끈하여 나서려는데 아까시가 먼저 목소리를 높였다.

"이 아이, 제 조카도 죽으려고 했으니까요. 지금 이게, 내 일 네 일 가릴 일인가요?"

그때 권 노무사가 아까시 앞으로 반걸음 나서며 말했다.

"본론에 집중하시죠. 일단은 보도자료에 밝힌 그대로입니다. 민수 학생의 자살…… 시도는 한 개인의 심약함 때문이 아니라 특성화고 현장 실습 제도의 민낯입니다. 가해자가 분명히 있음에도 불구하고 동료의 병문안조차 차단하고 있는 회사, 표준협약서 쓰고 현장 점검했다고만 하는 학교에 책임을 물어야 합니다. 그래서 우리도 산재 처리와 더불어 현장 실습 제도의 근본적 개선책을 공론화하고자 합니다. 아시다시피 그동안 얼마나 여러 학생이, 겨우 열여덟 살 아이들이 죽었습……."

"아, 잠깐만요."

다시 단발머리 기자가 수첩을 덮으며 말을 끊었다.

"이미 가해자를 형사 고발하지 않았습니까? 이 사고가 산업 재해가 되려면 폭행과 자살 시도가 인과 관계가 있어야 합니다. 그런데 그런 정도는 관례라 넘기면서 일하고 있다고 했습니다. 특히 산재가 되려면 그 폭행이 회사 업무와 관련되어야 합니다. 위계에 따른 폭력이어야 하니까요. ……이모님께서 과거 시민 단체에서 일했던 관성대로 무리하게 대립 구도를 만드는 건 아닌지, 만약 그렇다면 지금이라도……."

열이 머리끝까지 오른 아까시가 나서려 하자 이번에도 노무사가 제지했다. 그는 기자를 보며 또박또박 끊어 말했다.

"그 부분은 앞으로 차차 밝혀낼 것이니 염려 안 하셔도 됩니다."

다른 기자들의 헛웃음과 술렁거림을 잠시 내버려둔 뒤 노무사가 다시 말했다.

"기자님의 생각은 예전부터 알고 있었으나, 시민 단체를 폄훼하는 말씀을 어떻게 감당하실는지, 말씀을 가려 하십시오."

그사이 카메라를 앞세운 방송기자가 나타나서 인터뷰를 요청했다. 아까시와 하쿠는 그들을 따라 창가 쪽으로 이동하여 카메라 앞에 섰다. 하쿠는 기자가 묻는 대로 상습적인 욕설부터 강제로 술 마시고 노래 불렀던 일, 무방비로 당했던 폭력과 두려움을 진술했다. 기억할수록 괴롭고, 말할 때마다 화났지만 놀람과 슬픔에만 빠져 있을 수 없었다.

민수가 아니었더라면 자신이 옥상에서 뛰어내렸을 것이다. 담임에게 한 말을 거둬들일 수도 없고 담임이 다녀간 뒤를 감당할 수 없을 것 같아서였다. 그러니 민수는 하쿠 자신이었다. 여린 친구가 몇 대 맞더니 심약하게 자살 소동을 벌였네, 특성화고에 다녔다니 불우한 환경에 매사 비관적이었겠지, 인생이 다 그런 거지, 다 그렇게 알고 다니는 거지…… 조건반사 같은 사람들의 반응, 잠시 일었다가 곧바로 묻히는 이슈 속에 민수를 둘 수 없었다.

하쿠의 연락을 받은 아까시는 아찔했다. 누구보다 폭력에 예민한 자신이, 폭력의 기억에서 벗어나지 못하는 자신이 어떻게 조카가 당하는 폭력엔 무심했는지 제 머리카락이라도 쥐어뜯고 싶었다. 아까시에게 하쿠는 일반적인 의미의 조카 이상이었다. 한집에 살면서 기저귀 갈고 우유를 먹였으며 동네 놀이터나 도서관 나들이도 자주 다녔다. 세상이 나아져야 한다고 꿈꾸고 열렬히 실천하는 것도 하쿠가 살아갈 세상이기 때문이었다.

아까시는 시민 단체에서 일했던 경험을 살리고 인맥을 활용했다. 권 노무사에게 연락을 취하는 한편 보도자료를 만들어 아침저녁으로 지역 언론사에 보냈다. 사흘이 지나자 기자들이 나타나기 시작했고 교사 단체와 노동단체에서도 성명을 내 주었다. 공적인 사고라는 주장, 다시는 이런 일이 일어나서는 안 된다는 호소를 메아리로 받쳐 준 것이다. 민수가 사경을 헤매고 있어서 싸우는 게 아니라 이런 일이 없도록 하기 위해 싸운다는 걸 알아주었다. 그동안 현장 실습생의 사고사가 산재 처리된 예는 있었지만, 자살 혹은 자살 미수는 그러지 못했다. 그래서 아까시와 권 노무사는 일차 목표를 산재 처리에 두고 여러 증거를 수집하였다. 처음엔 회사가 모르쇠로 일관하고 관계자들의 접촉을 차단해 승산이 없을 것으로 보였다. 하지만 하쿠의 증언, 친구들에게 털어놓은 절박한 메시지, 가해자를 폭행했던 3년 차 선배의 양심 고백 들이 쌓이면서 싸울 힘이 되었다.

묵은해가 가고 새해가 왔건만 민수의 상태는 똑같았다. 일찌감치 뇌사로 판정했던 의사는 가망 없다는 말만 반복했다. 친척과 지인들도 이제 보낼 때라고 했다. 부모 욕심으로 아이만 힘들다고 했고 억지로 붙들면 좋은 곳에 못 간다고도 말했다. 하지만 민수의 부모는 단호했다. 몸이 이렇게 따뜻한데 어떻게 산소호흡기를 떼느냐며 소리 지르고 울었다. 이러다가 줄초상 치겠다고 말한 지인은 제발 그렇게 해 달라는 말에 자신의 입을 틀어막아야 했다.

"어서 와요."

아까시와 하쿠가 카페로 들어서자 호박벌이 손을 흔들며 반겼다. 미리 약속이 되었는지 문문과 수달도 앉아 있었다.

"면회했어?"

수달이 하쿠의 인상을 살피며 조심스럽게 말했다.

"병실 밖에서만 쳐다봤어요. 아, 그때 제가……."

말하다 말고 하쿠가 끄으끅 소리 내어 울었다. 지난 한 달 동안 참았던 감정이 자기도 모르게 터져 나왔다. 참고인 진술로 경찰서를 오가고 각종 인터뷰에 시달리면서도 참았던 눈물이 무방비로 흘렀다. 옆에 앉은 아까시가 하쿠의 등을 가만히 두드렸다.

"죄송해요. 저도 모르게 그만……."

한참 만에 눈물을 그친 하쿠가 자리에 앉으며 말했다.

"울어 줘서 고마워. ……참 내, 할 수 있는 말이 고작 이것뿐이라니……."

참담한 표정의 문문이 탁자 위로 손을 내밀며 말했다. 하쿠는 문문의 손을 감싸 잡으며 수달과도 눈을 맞췄다. 수달이 침묵을 깨고 말했다.

"미안해. 너와 통화하면서도 심각성을 못 깨달았어. 미리 알고 우리가 함께 대처했더라면……."

"수달까지 왜 이래, 아니, 아니야. 우리 모두 자책 모드는 그만."

호박벌이 수달의 말을 잘랐다.

"호박벌 말씀이 맞네. 이미 벌어진 일, 민수 학생을 위해 할수 있는 걸 찾는 게 낫지. 그래, 일은 어떻게 되어 가고 있어요?"

"여전히 똑같아요. 가해자 형사 고발 취하하고 합의하자고요. 흐, 액수가 자꾸 올라가더라고요."

"그러면서도 산재는 안 된다?"

"제도적인 책임은 지기 싫다는 거겠죠. 사례로 남는 것도 부담스러울 테고."

이번엔 문문이 고개를 절레절레 흔들며 말했다.

"기대 안 하는 게 좋을 거요. 측은지심도 모르는 놈들이요.

여리디여린 애들을 힘든 자리에 내몰아 놓고 나 몰라라 하는 족속이잖소. 세상 이치 간단한 거요. 일터에서는 죽지 않아야 하고 폭력은 당하지 않아야 하는 거, 그 원칙 하나면 되는 거잖아. 그런데도 기업은 복잡한 논리나 불필요한 전제들을 붙여가며 교묘하게 사람을 부려요. 가장 단순한 것이 가장 진실에 가깝다는 말을 몰라서 그러진 않을 거요. 사고가 생겨도 잠시, 정책은 늘 그 자리인 거요. 무늬만 조금 바꿀 뿐 똑같은 시스템 반복이야. 왜? 그래야 자기 것을 안 뺏기거든."

"맞아요."

이번엔 수달이었다.

"세상을 바꾸고 싶은 사람은 힘이 없고, 힘 가진 사람은 세상이 바뀌길 원하지 않아요. 그래 놓고 노력하지 않는다, 게으르다, 의지박약이라고 비웃습니다. 출발선이 다르다는 전제는 아예 없어요. 하쿠와 민수도 그래요. 일방적으로 당했는데 더 참으라고만 했잖아요."

이야기 수위가 심상찮아 호박벌이 끼어들려 했으나 문문이 기회를 먼저 잡았다.

"수달이 정확하게 봤어요. 나도 학교에 있었던 사람이지만 교육부도 문제예요. 마이스터? 특성화? 장인 양성은 개뿔, 공돌이 만드는 장치지. 현장 실습도 마찬가지요. 예나 지금이나 회사 말 잘 듣고 다루기 쉬운 인력을 더 빨리 공급하는 제도일 뿐이야. 군대를 미끼로 내걸며 실습생이 순진하고 멍청하길, 개처럼 일하길, 무식하길 바라는 거요.”

문문의 말이 끝나자 갑자기 정적이었다. 인정하고 싶지 않지만 그게 현실이었다. 아까시는 자꾸만 옹송그려졌다. 온몸, 온 마음이 춥고 시렸다. 뼈저리다는 말이 왜 생겼는지 알 것 같았다. 아까시는 그늘진 수달의 옆모습을 바라보았다. 여태까지 보지 못했던, 잔뜩 화난 얼굴이었다. 수달은 그동안 얼마나 많은 가면을 쓰고 있었을까? 웃는 가면, 미소 띤 가면, 의욕 넘치는 가면, 공손한 가면……. 아까시는 수달에게서 자신을 보았다. 아까시 역시 거만하고 불친절한 사회에 살아남기 위해 가면을 빚었고 그 가면이 아예 피부에 붙어 버리길 원했다. NGO 활동가, 청소년지도사, 숲해설가 가면이 앞장서 활동하는 동안 진짜 얼굴은 뭉개져 없어지길 바랐다. 자신과 수달은 애초에 불가능한 일을 꿈꾸었던 것일까. 호박벌은, 문문은 어떨까?

문문은 안마원으로, 수달은 편의점으로 돌아갔다. 호박벌은 휴무일이라면서 아까시 집으로 함께 가자고 했다. 작정한 일이었는지 호박벌 차에 먹거리가 가득 담긴 바구니가 있었다.

아까시 집에 도착하자 호박벌은 과일과 유제품을 냉장고에 넣고 준비해 온 식자재를 펼쳤다.

"뭘 이런 걸 다······."

"요즘 반조리 식품이 얼마나 잘 나오는지, 끓이기만 하면 돼. 하쿠 어머니도 이번에 많이 놀라셨지?"

"예에. ······그렇죠."

호박벌은 국자로 냄비 안을 젓고 아까시는 건너편에 선 채로 말을 주고받았다. 거리가 적당히 떨어져 있고 눈도 마주치지 않으니 마음이 한결 편했다.

"아까시, ······엉뚱한 말일 수도 있는데······ 난 민수 학생 어머니가 부럽기도 해. 음······."

호박벌이 말을 멈추었다. 아까시는 그 마음이 헤아려져서 가만히 있을 수밖에 없었다.

"음, 그래도 민수 학생은 아직 살아 있잖아. 옆에 가족과 하쿠, 아까시도 있고. ······알지? 우리 재후는······ 단숨에 가 버렸어. 30분 전에 손 흔들었던 녀석이었는데······ 얼음보다 더 차갑더라."

자식이 죽으면 엄마의 가슴에 시퍼런 무덤이 솟는다. 그 무덤은 아무리 시간이 흘러도 흐트러지지 않고 사그라지지도 않는다. 한시라도 빨리 자식을 만나고 싶은 마음과 자식 몫까지 살아야 한다는 생각이 서로 다투며 하루하루를 보내게 된다.

"아까시, 민수 학생은 일어날 거야. 기적이라는 단어가 왜 있겠어, 일어나는 일이니까 있는 거지. ……우리도 하쿠에게 더 신경 써야겠어. 의젓하게 대처하는 거 같아도 아직 고등학생이잖아. 아까 우는 거 보니 안쓰럽더라. 아까시도 아프면 안 돼. 산재, 꼭 받아 내야지."

"호박벌이 변호사 비용을 내 주신 덕분이에요. 그 큰돈에다 문문도 보태 주셨고요. 민수 학생 부모님께서 굉장히 고마워하세요. 언니와 형부도요."

"어휴, 그런 말 말아. 흐, 우리 재후가 한 거지, 뭐."

호박벌이 표정을 바꾸며 손사래를 쳤다. 그늘진 마음을 짐작하는 아까시는 어떤 맞장구도 칠 수 없었다.

키 다른 나무들이 숲을 이루고

2월의 마지막 날, 선작산 큰키나무들은 세밀한 골격을 드러내고 꽃과 풀은 찾을 수 없다. 바람은 차갑고 두껍게 쌓인 낙엽만 바스락거린다. 그렇다고 숲체원이 마냥 황량한 건 아니다. 보이지 않을 뿐, 나무는 나무대로 풀꽃은 풀꽃대로 바쁘게 봄을 준비하고 있다. 현은 덱 길을 천천히 걸었다. 이제 잎이 달려 있지 않아도 노각나무, 굴참나무, 쪽동백, 층층나무 정도는 구별할 수 있었다. 현은 자기 나무로 점찍은 신갈나무를 거쳐 생강나무 앞에 섰다. 겨우내 단단하게 뭉쳤던 꽃망울 끝이 약간 노르스름하고 갈색 꼬투리도 연해져 있었다. 숲체원 실습동 앞의 목련도 지나칠 수 없다. 지난해 12월부터 가지에 꽃망

울을 달았던 목련은 겨우내 품었던 에너지를 흰 꽃잎으로 터트릴 것이다. 생강나무와 목련 꽃이 피면 새로운 봄이 시작되겠지, 20미터가 넘는 나무를 올려다보는 현의 마음도 간질거렸다.

실습동 안으로 들어온 현은 코를 벌렁거렸다. 벽과 천장에서 뿜어져 나오는 편백나무 향은 언제나 좋았다. 조교로 일하면서 집같이 편하고 익숙해진 공간, 현은 목공실 문을 열었다.

첫 번째라고 생각했는데 뜻밖에도 멘토들이 있었다. 하쿠는 책상과 의자를 이리저리 옮기고 호박벌과 아까시는 손걸레를 들고 있었다.

"아, 현. 왜 이리 빨리 왔어?"

누구랄 것도 없는 한목소리였다. 아무 생각 없이 왔던 현은 그제야 행사에도 준비가 필요하다는 걸 알았다. 멘토들이 항상 먼저 움직이고 있다는 것도 새삼스레 깨달았다. 수달은 알바 끝나는 대로 올 거야. 묻지도 않았는데 호박벌이 말했다. 아마도 수달을 내내 생각하는 모양이었다.

"도와주러 왔구나. 역시 사공현! 이리 와서 바람 좀 넣어. 눈에 뵈는 게 없으니 이것도 어렵다."

어찌할 바를 모른 채 서 있는 현을 보기라도 한 듯 문문이 완성된 풍선을 들어 보이며 말했다. 눈이 마주친 아까시가 고개를 끄덕이자 현은 문문 쪽으로 다가갔다. 문문은 바람 넣는 네모난 기계를 앞으로 밀었다. 알록달록하게 빵빵해진 풍선은 앞뒤 벽면에 붙여졌다.

수달이 황급히 들어오자 호박벌이 더 호들갑스러웠다.

"아~들, 여기 봐 줘. 수평 맞니?"

플래카드를 든 채 호박벌이 첫 글자를 길게 빼며 말했다.

"아, 예, 어, 어……."

수달이 의자를 든 채로 앞을 바라보았다. 당황한 기색이 역력했다. 아까시는 눈을 찡긋거리고 현의 얼굴에도 슬며시 미소가 퍼졌다. 며칠 전 수달은 호박벌의 법적인 아들이 되었다. 오랫동안 비어 있던 호박벌의 아들 자리를 수달이 대신하게 된 것이다. 이제 호박벌과 수달은 서로를 의지하며 가족이란 이름으로 함께 나아갈 것이다. 현은 선생과 제자였던 두 사람이 어떻게 엄마와 아들로 되었는지는 모른다. 하지만 축하는 무한정 하고 싶었다. 아무런 근거는 없지만, 서로 닮은 것 같기도 하고 처음부터 그리될 수밖에 없었다는 생각도 들었다.

의자에 오른 호박벌과 아까시가 플래카드 양 끝을 정면 벽 가운데로 들어 올렸다. 왼쪽 좀 높이고요, 더 옆으로요, 그래도 높아요, 예예, 좋아요. 수달이 말하는 동안 현은 '555 나나숲 중간발표 및 수호수 축하'라 적힌 플래카드가 조금씩 움직이는 걸 지켜보았다. 어째 좀 민망하다느니 멋지기만 하다느니 하는 말들이 웃음과 함께 흘렀다.

플래카드 가장자리도 풍선 장식이다. 모양과 색상이 다양해서 그런지 풍선만 붙여도 파티 분위기가 났다. 책상과 의자는 모두가 다른 모두를 볼 수 있게 디귿 자로 배치했다.

모두 뒤로 물러나 흐뭇하게 식장을 바라보고 있을 때 뒷문이 조심스럽게 열렸다. 꽃다발을 든 진목의 엄마가 앞서고 음료 캐리어를 든 진목이 뒤따랐다.

"우와, 커피 마시고 싶은 걸 어떻게 알고. 음음, 이 향기……."

호박벌이 소란스레 진목에게 다가갔다. 진목이 엉거주춤하는 사이에 수달이 나서서 음료를 돌렸다. 제일 좋아하는 바닐라라테를 받은 현은 수달과 진목을 번갈아 보았다. 현은 선 채로 어깨에 힘을 주었다. 목도 죽 뽑아 보았다. 존중받는 기분에 무의식적으로 그렇게 되었다.

복도를 바라보는 쪽에 앉은 호박벌은 모인 사람들을 눈으로 훑었다. 건너편에 문문, 민철, 민철 부모님이 앉았고 플래카드가 정면으로 보이는 자리엔 현과 현의 할머니, 진목과 진목 엄마가 자리 잡았으며 호박벌 옆으로 수달, 하쿠, 하쿠 엄마가 나란히 앉았다. 호박벌은 오늘 처음 만나는 하쿠 엄마와 민철 아빠의 표정을 잠시 살폈다. 스스럼없이 말을 섞는 하쿠 엄마와 달리 민철 아빠는 온몸에 어색함이 묻어났다. 이러거나 저러거나 앞으로 자주 만나게 될 분들이었다.

수달에게 향하는 눈길은 늘 자동이다. 몇 초 동안 보는데도 입이 저절로 벌어지고 가슴이 데워졌다. 호박벌은 지난 주말 재후의 방을 정리했다. 천장에 붙은 달과 별을 떼고 수달이 좋아하는 푸른색 벽지로 분위기를 바꿨다. 여전히 눈물을 흘리긴 했지만, 예전처럼 절망적이진 않았다. 마음 한편에 자리 잡은 온기가 있기 때문이었다.

"아아, 다 모이신 거 같으니 이제 시작하겠습니다."

아까시의 말에 자잘한 대화가 끊기고 모두 앞을 바라보았다.

"감동적인 이야기에는 프롤로그가 있고 훌륭한 정찬은 전채 요리부터 시작합니다. 푸흡, 저기, 정민철 표정을 보니 웬 뜬금없는 말이냐고 하네요."

"헉, 소름! 어떻게 아셨어요?"

말도 그렇지만 의자를 빼며 화들짝 놀라는 민철의 몸짓에 한꺼번에 웃음이 터졌다. 그 바람에 분위기가 한결 부드러워졌다.

"제가 지금 하려는 일이 전채 요리 내놓는 일 같아 드린 말씀이었어요. 555 나나숲 시작한 지 벌써 반년이 지났지만 이렇게 멘토, 멘티 여덟 명이 한꺼번에 만난 건 처음입니다. 더구나 가족분들까지 와 주셨으니, 알음알음 다 아시는 일이겠지만, 진짜 가족이 된 호박벌과 수달을 함께 축하하고 싶어, 제가 욕심을 냈습니다. 저기 플래카드에 적힌 '수호수'에 대해선 하쿠가 설명해 주실래요? 이름 붙인 장본인으로서요."

반짝이 붙은 점퍼에 배기바지를 빼입은 하쿠가 일어나 고개 숙여 인사했다.

"가족이 되신 두 분, 진심으로 축하합니다. 수호수는 수호호수의 준말입니다. 여러분이 첫 글자를 띄워 주시면 제가 4행시로 답해 보겠습니다."

"수……."

"수달은 외로웠지만, 최선을 다해 살고 있습니다."

"호……."

"호박벌은 큰 고통을 겪었지만, 신념을 실천하고 있습니다."

"호……."

"호박벌은 수달의 어머니로 다시 태어났습니다."

"수…….."

"수달은 호박벌의 아들로 다시 태어났습니다."

탄성과 함께 시작한 손뼉 소리가 그칠 줄을 몰랐다. 머뭇거리던 수달이 호박벌의 손을 잡고 일어섰다. 이미 눈시울이 붉어진 호박벌의 어깨를 안으며 박수 세례에 답했다.

하실 말씀이 있냐는 아까시의 말에 호박벌은 손을 저었고 수달은 앞으로 나왔다.

"감사합니다. ……저는 여덟 살에 부모님을 잃고 친척 집을 전전하다 보육원으로 갔습니다. 지금은, 우리나라 제도에 따라 열여덟 살에 보호종료된, 자립청년이고요. 청소년기에 내내 방황하고 독립 초기엔 죽고 싶을 만큼 힘들었는데 저를 눈여겨봐 주신 호박벌의 도움으로 여기까지 왔습니다. 호박벌에겐 작은 친절이었을지 몰라도 제게는 굵은 밧줄이었습니다. ……호박벌은 10년 전 아들을 사고로 잃은 뒤 슬픔과 고통 속에 사셨습니다. 그래도 세상을 향한 문을 걸어 잠그진 않았습니다. 그래서 저 같은 아이가, 저 같은 자립청년이 제대로 성장할 수 있었을 겁니다."

수달이 말을 멈추었다가 심호흡을 하는 동안 아무도 꼼짝하지 않았다.

"부모 자식의 인연은 천륜이라 들었습니다. 그렇다고 새로운 가족 맺기가 하늘의 이치를 거스르는 일은 아니라고 봅니다. 호박벌의 마음에는 아들 재후가, 저의 마음에는 제 생모가 여전히 방 하나 차지하고 있겠지만 앞으로 우리는 서로 의지하고 함께하는 집을 꾸리려고 합니다. 호박…… 아니, 어, 어, 어머니는 방 청소 안 한다고 잔소리하고 저는 남들처럼 화장도 하시라고 투정하겠지요. 그러면서 반들반들 윤 나는 가족이 되겠지요. 그 베이스캠프에서 비축한 힘으로 우리는, 어, ……어머니와 저는 다른 이들의 아픔을 보듬고 세상을 아름답게 하는 일에 함께하겠습니다……."

눈물도 전염인가 보았다. 현 할머니가 훌쩍이자 여자 어른들도 눈물을 훔쳤다. 먼산바라기하고 있는 남자 어른들도 같은 마음일 것이다.

"베이스캠프에서 얻은 힘으로 세상을 아름답게 하겠다…… 참 멋진 말입니다. 음, 입이 간지러워 말하지 않을 수가 없네요. 제가 이 행사를 귀띔하자 축의금을 주신 분들이 계십니다. 성의를 거절하는 것도 예의가 아닌 듯하여 전달했더니 호박벌과 수달, 감사한 마음만 받고 자립준비청년들을 돕는 단체에 보내겠다고 합니다. 개인 돈을 많이 보태신 걸로 알고 있습니다."

있는 힘껏 손뼉을 치는 동안 하쿠가 화사한 분홍꽃, 베고니아 화분을 수달에게 안겼다.

"예. 이렇게 수호수 축하는 끝내고 이제 본 프로그램, 정찬 코스로 들어갔습니다. 지금부터는 정민철 멘티가 진행하도록 하겠습니다."

민철이 두꺼운 종이 한 장을 들고 앞으로 나가고 아까시는 민철의 자리에 앉았다.

"뉘 집 총각인지, 잘생겼다!"

크고 높은 문문의 음성에 여기저기서 자잘한 웃음이 뒤따랐다. 그럼 그럼, 현 할머니가 미소 주름 가득한 얼굴로 추임새를 넣었다.

"또 사기 치십니다. 보이지도 않으면서……."

"어허, 사부에게 사기라니요. 그러면 프로젝트 끝나도 하산 못 합니다."

"하산은 일찌감치 접었는데요."

다시 여러 곳에서 자잘한 웃음이 터졌다. 나이도 위치도 전

혀 다르지만, 민철과 문문에겐 언제부터인가 브로맨스 같은
게 생겨 있었다. 아까시를 늘 어려워 하는 현과 달랐는데 현은
그런 관계가 신기하고 부러웠다. 현은 고개 들어 민철을 쳐다
보았다. 구부정하던 어깨와 건들거리는 걸음이 어디론가 사라
졌다. 농구를 많이 해서 그런지 전체적으로 균형이 잡혔고 표
정 탓인지 이목구비도 반듯반듯해 보였다.

"반갑습니다. 정민철입니다. 지금부터 555 나나숲 1기생 중
간발표회를 시작하겠습니다."

발음이 정확하고 목소리 톤도 적당했다. 재치 있게 눙치는
유머까지 있으니 현의 마음이 한결 가벼워졌다. 다른 사람들
도 마찬가지일 것이다.

"오늘 이 시간은 중간발표인 데다가 다른 분들도 계시니 멘
티, 멘토가 그동안의 소감만 밝히는 걸로 하겠습니다. 2분만
드립니다. 말하기 좋아하시는 문문 님도 시간을 지켜 주세요."

웃음이 멈추길 잠시 기다렸다가 민철이 나무젓가락을 들어
보였다.

"이걸 이야기 막대기라고 하겠습니다. 이야기를 마친 분은
멘토, 멘티 상관없이 다른 분에게 넘겨 주세요. 그럼 제가 먼저
시작하겠습니다. ……제 워크북을 보니 그동안 멘토를 스물

일곱 번 만났고 일은 350시간을 했더라고요. 앞으로 멘토들과 더 자주 만나고 열심히 김밥 싸면서 50번, 500시간 채우겠습니다. 누구에게나 세 번 있다는 인생 기회, 제게는 그 첫 번째가 555였던 거 같습니다. 이렇게 놓치지 않고 잡아서 다행입니다. 그리고 엄마…… 잘못했다고 말해 줘서 고맙습니다. 엄마, 아빠. 저도…… 앞으로 조금씩 나아질게요."

현은 민철을 향해 손뼉을 크게 쳤다. 눈이 벌게진 한 사람만 빼고 모두 그렇게 했다. 민철은 뚜벅뚜벅 걸어와 이야기 막대기를 진목에게 건넸다. 진목이 예상치 못했다는 듯 일어났다. 현이 보기엔 막대기가 아니라 진목에게 먼저 내미는 악수였다.

"돌아온 탕아, 흐흣, 이진목입니다. ……저는 그동안 제 잘못을 몰랐습니다. 공부만 잘하면 되는 줄 알았고 대학만 잘 가면 된다고 생각했어요. 그걸로 잘난 척하고 다른 애들을 무시했습니다. 개인 취향이라고 여기며 범죄도 저질렀습니다. 격리 시설까지 갈 때는 화가 났지만, 더 늦기 전에 깨닫게 되어 천만다행이었습니다. ……555 나나숲을 하다 말다 변덕을 부렸지만 이제 다시 새롭게 시작해 보겠습니다. 어제의 실망이 내일의 믿음으로 바뀔 수 있도록 열심히 하겠습니다. 음, 그리고…… 엄마, 죄송해요. 앞으로 좋은 아들이 되겠습니다."

문문이 고개를 끄덕이고 진목은 건너편에 앉은 아까시에게 이야기 막대기를 넘겼다.

"프로젝트에 불러 주신 호박벌, 감사합니다. 문문, 수달, 하쿠, 현, 민철, 진목도 고맙습니다. 멘토, 멘티를 떠나 여러분들과 만나면서 그동안 저의 어둡고 슬픈 내면 자아가 조금씩 밝아졌습니다. 나무 심기에 가장 좋은 날은 20년 전이고 두 번째로 좋은 날은 오늘이라는 얘기를 들은 적 있습니다. 저도 오늘 저의 나무를 심고 잘 가꾸겠습니다."

다음은 수달이었다.

"감사하기로 치면 저도 할 말은 많습니다만, 오늘은 이 말씀만 드리고 싶어요. 진목아, 우리 열심히 연습해서 농구로 뻐기는 정민철 기를 확 꺾자."

수달에게 이야기 막대기를 받은 문문의 말은 더 짧았다.

"세상에서 제일 중요한 건 너 자신! 자기 존중, 자신 믿음을 종교처럼."

그러자 문문 건너편에 앉은 호박벌이 아주 심각한 듯 말했다.

"아, 그런데 어쩌죠? 민철은 문문교 신자인데요."

"앗, 저도 문문교 신자요."

아까시가 손을 번쩍 들었다. 그러자 멘토, 멘티 할 것 없이 저요, 저요 하는 바람에 모두 한바탕 웃었다. 웃음이 잦아지길 기다리다가 현이 막대기를 들었다.

"저, 저는 앞으로…… 하고 싶은 일을 찾아 기쁩니다. 저는…… 아까시 신자예요."

그 순간 민철이 풋, 웃음을 터뜨렸다가 계속하라는 신호를 보냈다.

"무엇이든…… 빠른 길은 없다는 걸 배웠습니다. 당당하고 싶으면, 정말로 당당하게 행동하는 것 말고 다른 길이 없고, 잘 살고 싶으면, 스스로 앞가림하는 힘을 길러야 한다는 걸요. 거절당해도 당당할 수 있는 근육, 상처받지 않는 근육을 단련하는…… 그 일도 직접 해야 한다는 걸요."

현은 후들거리는 다리를 느끼며 간신히 자리에 앉았다. 숨을 크게 쉬며 나비 포옹을 했다.

"아, 아. 아까시! 표정 관리 좀 해 주시죠. 사공현만 너무 예뻐하시면 제가 질투합니다. 호박벌도 넘 좋아하시는 거 아닙니까? 사랑꾼 사공현, 막대기 넘겨 주세요."

하쿠가 일어나서 이쪽저쪽으로 고개를 깊숙이 숙였다.

"지난 6개월, 555 나나숲을 함께해서 정말 다행이었습니다. 이곳에서 만난 어른들이 계시지 않았다면 저는 죽어 없어졌거나 비굴하게 숨었을 겁니다. 그동안 전적으로 신뢰하고 지지해 주셔서 감사합니다. 또래상담자일 뿐인 저를 따라 준 멘티들도 고맙습니다. 어제는 우물 안 개구리였지만 열심히 헤엄치는 오늘을 거쳐 미래엔 넓은 바다로 나아가겠습니다."

박수 소리가 잦아들자 민철이 짐짓 심각하게 이야기했다.

"아, 여기서 그러시면 안 됩니다. 하쿠가 주인공처럼 이야기해 버리면 멘티인 우리는 어쩝니까. ……음, 그래도 한마디는 드리고 싶어요. 처음 만났을 때 제가 시비 붙었던 거, 죄송했어요. 히히, 제 사과를 받아 주신다면 얼른 다음 주자에게 넘겨 주세요."

막대기를 받은 호박벌이 일어났다. 호박벌은 모든 사람을 훑어본 다음 천천히 입을 열었다.

"저기 저 나무들은 키가 다르고 덩치도 다르면서 숲을 이루었네요. 누군가 나서서 키 낮춰라, 줄 맞추자 얘기했더라면 숲은 병들었겠지요. 우리도 나와 또 다른 나, 수많은 내가 숲으로 만나는 중입니다. 앞으로도 다양한 색을 유지하며 아름다운 숲을 이루는 나무로 성장하길 빕니다. 저도 멋진 나무로 계속 자라겠습니다. ……제가 마지막이죠? 흐흐, 오래 기다리셨습니다. 이제 떡 먹어요."

다시 박수 소리가 퍼지는 가운데 마지막 인사를 마친 민철이 자리로 돌아갔다.

아까시가 박스를 책상 위에 올렸다. 낱개 포장된 팥시루떡이었다. 건너편에서 쳐다보던 진목이 쭈뼛쭈뼛 일어나더니 아까시 쪽으로 갔다. 두뇌 회로가 반 박자 늦게 돌아가는 현도 일어나 식혜 캔을 받아 한 바퀴 돌았다.

떡을 먹으며 이야기들이 오갔다. 진목 엄마가 555 나나숲이 오래 이어질 수 있도록 후원회원을 두는 건 어떠냐고 했다. 자신이 1호가 되겠다고 덧붙이자 민철 엄마와 하쿠 엄마도 반색했다. 듣고 있던 현 할머니도 말했다.

"우리 현이 같은 애들 돌봐 주겠다는 거잖아요. 언제까지 할 수 있을지 모르고 아주 적은 돈이지만, 나도 끼워 줘……. 날마다 언제 죽나 싶었는데 이런 날 보려고 여태 살았나 봐요. 오늘 참 좋네, 참 좋아……."

오늘은 손뼉의 날인지, 또 박수 소리가 나왔다. 이번엔 문문이 아니라 민철이 엄마가 시작했다. 할머니는 옆에 앉은 현의 손을 끌어다 잡았다. 당황스럽고 머쓱했지만 현은 손을 빼지 않았다. 그 순간 어떤 일을 해도 무조건 지지해 주는 사람이 있다면 충분히 살아갈 수 있다고 한 호박벌의 말이 생각났다. 현은 할머니 손을 힘주어 잡았다.

현은 하쿠, 수달, 아까시, 문문도 바라보았다. 시선을 눈치챘는지 아까시가 현을 향해 눈을 찡긋거렸다. 현은 고개를 살짝 숙이며 화답했다.

창 너머로 길고 구불구불한 생태탐방로가 보였다. 그 길엔 신갈나무와 은행나무가 있다. 메타세쿼이아, 아까시나무도 있다. 내일이든 목련 피는 날이든 그 어느 때라도 민철, 진목과 함께 걷게 될 길이다. 현은 어깨를 펴며 고쳐 앉았다.

작가의 말

안녕하세요, 강미입니다.

연작소설 『사막을 지나는 시간』과 앤솔러지 『괴물이 된 아이들』로 인사드린 지 벌써 2년이 흘렀네요. 그때 눈 밝은 독자분과 편집자가 하신 말씀이 있었는데 "사공현이 사라져서 아쉽다."라는 감상과 "555 프로젝트를 본격적으로 다루면 좋겠다."라는 제안이었어요. 도무지 흘려 버릴 수 없더군요. 마음으로 잔잔한 파도가 오가더니 어느 날 제 창작 공간으로 사공현과 이진목이 돌아왔어요. 터프가이 정민철이 합류하고 이들과 함께 지낼 개성적인 어른들도 모였답니다. 멘토들은 엉기고 뭉친 제 주변 사람들이었는데 캐스팅 과정이 즐거웠어요. 마치 영화배우 오디션 같았거든요. 거칠고 힘든 세상을 자기 걸음으로 뚜벅뚜벅 걷는 분들이 많다는 사실, 제가 그분들의 선한 영향력을 받고 산다는 게 새삼 감사했어요.

소설가는 자서전이 필요 없다는 말이 있더라고요. 소설은 허구라지만 작가의 일상과 추구하는 가치가 점점이 박혀 있다는 뜻이겠지요. 그래서일까요, 이 소설엔 저도 많이 보이네요. 꽃과 나무를 좋아하고 전국의 휴양림을 찾아다니는 여행을 즐기고 있거든요. 기후 위기 시대에 숲이야말로 우리의 미래라는 확신으로 숲해설가 공부도 했고요. 여러 독자분도 사공현의 자연 사랑과 진로 선택을 응원해 주시길 바랍니다. 지금은 판타지로 들릴지 모르지만 저는 가장 미래지향적인 가치라고 확신하거든요. 일상이 고단하고 지칠 때 사이버 세계 대신 공원이나 강변을 걸어 보세요. 굳건하게 자리 지키는 나무를 올려다보고 예쁜 꽃과 눈 맞춰 보세요. 머리가 맑아지면서 힘든 세상에 맞설 힘을 얻게 될 거예요. 속는다 생각하시고 몇 번 걸어 보세요. 고개를 끄덕이게 될 거예요.

특히 즐거웠던 산책은 서울의 연희창작촌과 그 인근이었어요. 창작촌 안의 낮은 언덕길을 하루에도 몇 번씩 돌면서 소설

쓰는 힘을 얻었거든요. 곧게 뻗은 자작나무, 새콤달콤했던 살구와 오디, 비 온 뒤의 죽순, 찔레꽃 향기……. 지금은 그리움으로 남은 연희창작촌과 관계자분들, 감사합니다. 여행지에서 초고를 읽어 준 박태숙 샘과 임미진 샘, 퇴고에 힘을 보탠 김묘연 샘, 글을 책으로 만들어 준 김수진 편집장님과 편집부 여러분의 도움도 깊이 간직할게요. 문문의 모델인 신민주에게도 한마디 해야겠어요. 마음눈 밝은 내 친구야, 오래오래 즐겁게 다니자.

2024년 키 다른 나무

강미

도움받은 책

랄프 왈도 에머슨 저/강형심 역, 『세상의 중심에 너 홀로 서라』, 씽크뱅크, 2009

마이클 거리언 저/안진희 역, 『소년의 심리학』, 위고, 2013

박정훈, 『이것은 왜 직업이 아니란 말인가 — 알바노동자의 현재와 미래』, 빨간소금, 2019

박현희 외, 『나는 무슨 일 하며 살아야 할까?』, 철수와영희, 2011

오찬호, 『민낯들 — 잊고 또 잃는 사회의 뒷모습』, 북트리거, 2022

은유 저/임진실 사진, 『알지 못하는 아이의 죽음』, 돌베개, 2019

이기순, 『얼마나 힘들었니? — 코로나 시대를 살아가는 청소년의 치유와 성장 이야기』, 비티비북스, 2021

하종강, 『우리가 몰랐던 노동 이야기』, 나무야, 2018